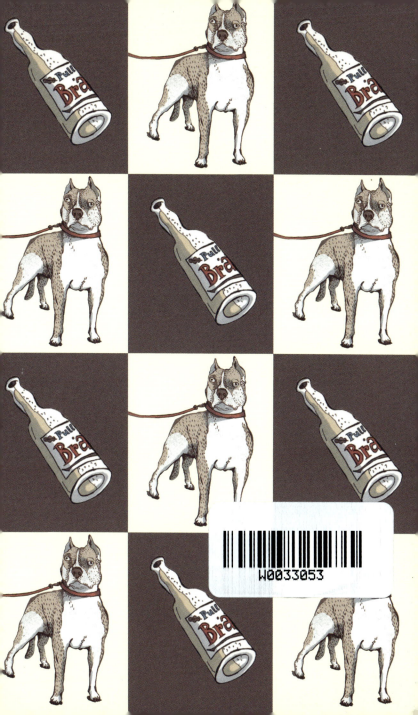

ullstein

Das Buch

Uli Hannemann hat es gewagt. Er ist nach Neukölln gezogen. Ja genau, Berlin-Neukölln – jener berüchtigte Bezirk, der seit Monaten durch die Medien geistert: als Beispiel für den Niedergang deutscher Innenstädte, als Hartz-IV-Kapitale, als sozialer Brennpunkt. Wie es ist, hier zu leben, davon berichtet Hannemann in seinen kleinen, aber feinen Schnappschüssen vom täglichen Wahnsinn – mit viel Biss und einer guten Portion anarchischem Humor.

Der Autor

Uli Hannemann, geboren 1965 in Braunschweig, lebt als Autor und Taxifahrer in Berlin-Neukölln. Er ist Mitglied der Berliner Lesebühnen »LSD – Liebe statt Drogen« sowie der »Reformbühne Heim & Welt« – zwei Stahlbäder lebendiger Textschöpfung, die seine Glossen und Kurzgeschichten entscheidend mitprägen.

Uli Hannemann

Neulich in Neukölln

Notizen von der Talsohle des Lebens

Ullstein

Besuchen Sie uns im Internet:
www.ullstein-taschenbuch.de

Umwelthinweis:
Dieses Buch wurde auf chlor- und säurefreiem Papier
gedruckt.

Originalausgabe im Ullstein Taschenbuch
1. Auflage Januar 2008
3. Auflage 2008
© Ullstein Buchverlage GmbH, Berlin 2008
Umschlaggestaltung und Gestaltung des
Vor- und Nachsatzes: Sabine Wimmer, Berlin
Titelabbildung: © Isabel Klett
Gesetzt aus der Excelsior bei
LVD GmbH, Berlin
Druck und Bindearbeiten: Ebner & Spiegel, Ulm
Printed in Germany
ISBN 978-3-548-26818-7

Inhalt

Vorwort 7
Monolog des Müncheners 11
Gebrabbel 15
Die Jugend von heute 18
Eiszeit 21
Mein Freund, der Baum 24
Mit dem Ordnungsamt Neukölln auf Sie und Sie 27
Lungern 30
Die Wahrheit über Rütli 33
Die neue Wohnung 37
Die Kreuzberger sind da! 41
Gemischtwarenladen 45
New Poverty – eine Utopie 48
Der Flughafen Tempelhof – eine Vision 51
Die Schlorkmaschine 55
Rufmord am Pissoir 58
Böse Nachbarn 61
Türkisch für Anfänger 64
Hope in der Hasenheide 66
Hauswart, Hofwart, Blockwart 69
Einfach irgendwohin 72
Die Nummer von dem Tier 75
Trinker unter sich 78
Immer schön locker bleiben! 81
Gold aus der Tube 84

Beim Glaser 87
Lärmbelästigung 92
Rauchen im Herbst 95
Drachenkampf 98
Fünf kleine Italiener 101
Unterwegs mit der U8 105
Korrekt betteln 108
Shoppen in Neukölln 111
Auf dem Weihnachtsmarkt 114
Silvester oder: Der Untergang revisited 117
Nackt unter Wölfen 121
Auf der Eisbahn 125
Der kleine Puff in unserer Straße 129
Neue Welt und altes Eisen 132
Hasenalarm 135
Trinken und jammern 138
Volksfeststimmung 142
Ich war Werner Lorant 146
An der Quelle des Glücks 150
Philosoph der Straße 153
Sei's getrommelt und gepfiffen 156
Der Tod ist ein Bademeister aus Deutschland 159
Der Stadtschreiber von Neukölln 162
Neukölln kapituliert – ein Zeitzeugenbericht 167
Die Entstehung Neuköllns 171
Glossar 175

Vorwort

Im Jahre des Herrn 1985 empfing mich Neukölln wie eine oft berührte Schöne: Sie lockte mich mit dem breiten Lächeln ihrer schadhaften Häuserreihen, wohl wissend, dass ich sie eines Tages wieder verlassen würde. Zuvor aber wollten wir es uns zusammen richtig behaglich machen.

Mit Seesack, Plattenspieler und drei Unterhosen war ich damals nach Westberlin gekommen. Die Stadt galt unter jungen Möchtegernfreaks als das sagenhafte Vineta für Lebensexperimente aller Art – von A wie Alkoholismus bis Z wie Zweisamkeit. Sie war der pure Punk – ich musste da unbedingt hin, egal wie, egal um welchen Preis, egal in welches Viertel. Dass ich meine erste eigene Wohnung ausgerechnet im Stadtteil Neukölln bezog, war jedoch Zufall. Sie stand in der Zeitung, sie war billig und sie war zu haben.

Die ersten Tage in der Boddinstraße waren seltsam. Aus den Kneipen taumelten graugesichtige Säufer, die, geschockt vom Tageslicht und der frischen Luft, sich gerade noch ins Erdgeschoss-Bordell meines Hauses retten konnten. Nicht selten wurde ich nachts aus dem Bett geläutet, obgleich ich mein Klingelschild um den Zusatz »KEIN PUFF!« ergänzt hatte. Die Gehwege waren mit Scherben, Hausrat und Hundekot übersät. Dass diese Form von Chaos nichts mit Punk zu tun hatte, spürte sogar ich.

Die Bude kostete achtundneunzig Mark Kaltmiete –

und kalt blieb sie auch. Flur und Decke waren schwarz gestrichen. Die Umgebung war kaum dazu angetan, mich von meinem latenten Autismus zu kurieren. Bald wunderte ich mich über erste Anzeichen depressiver Verstimmungen. Im kleinen Zimmer stand ein halbdefekter Kachelofen, dessen Handhabung mir bis zum Auszug ein unlösbares Rätsel blieb. Eine riesige leere Küche, unbeheizbar, mit fließend kaltem Wasser, blies die Wohnfläche auf verschwenderische fünfzig Quadratmeter auf. Die Wand schmückten alberne Pferdeposter, die ich nie entfernte (sie ersetzten mir wohl die Nähe eines weiblichen Wesens). Ein Bad gab es nicht. Im Klo auf halber Treppe legte eine schießschartenähnliche Fensterluke den Blick auf die weitgehend unbewohnte Hinterhausruine frei. Die Vormieterin – ein blasses und niedergeschlagenes Mädchen – vermachte mir ein Aquarium, in dem eine Art Molch in einer braunen Brühe badete, eine angebrochene Batterie Novalgin-Tropfen und bunter Likörchen sowie mehrere Einkaufstüten mit Müll auf dem Balkon, der von ihrem Vormieter stammte.

Der erste Winter verlief ohne besondere Vorkommnisse. Nur einmal trat ein Nachbar meine Wohnungstür ein – ich glaube, die Musik gefiel ihm nicht. Er schlug mir zweimal seine Faust ins Gesicht und verschwand so schnell, wie er gekommen war. Mit blutiger Nase setzte ich mich an den Tresen der Gaststätte »Saustall«. Keiner nahm sonderlich Notiz von mir. Die Vierundzwanzig-Stunden-Kneipe brachte mich durch den harten Winter; der Molch hingegen konnte augenscheinlich nicht durch geschlossene Eisflächen atmen. Die Berliner Stadtreinigung bestattete ihn an unbekanntem Ort.

Ich denke heute gern an jene Zeit zurück. Meine Adresse hat sich inzwischen zum sechsten Mal geändert – aber der Bezirk blieb immer derselbe: Neukölln. In der zweiten Lebenshälfte angekommen, habe ich die unkomfortable Einzimmerwohnung gegen eine komfortable eingetauscht. Sogar eine echte Heizung habe ich jetzt: Drehe ich den Regler nach rechts, wird es warm, drehe ich weiter, fällt er ab. Sämtliche Fenster sind tipptopp verglast. Das Etablissement im Erdgeschoss besitzt eine eigene Klingel. Was will man mehr?

Zugegeben, mein Viertel genießt nicht gerade den besten Ruf. Wer Neukölln sagt, meint eigentlich Rütli-Schule, Hartz IV, Ehrenmorde und Unterschicht. Neukölln gilt vielen als Paradebeispiel gescheiterter Integration, als misslungenes Multikulti-Projekt – oder schlichtweg als ein Ort mit einem unglaublich hohen Aufkommen von Hundekot. Um es mit den wahnwitzigen Worten eines Werbemenschen zu formulieren: Die Marke Neukölln ist eingeführt. Hierfür ein Dank an Presse, Funk und Fernsehen.

Trotzdem lebe ich gerne hier und fühle mich wohl – ich könnte nirgendwo anders wohnen (schon allein der billigen Mieten wegen). Und so ist das vorliegende Buch auch eine Art Liebeserklärung an Neukölln geworden, an seinen spröden Charme und den seiner Bewohner. Freilich fällt die Liebeserklärung selbst ein wenig spröde aus; es ist eher ein von Herzen kommendes »Geht das nicht in deinen dämlichen kleinen Schädel: Ich lieb dich doch, du blöde Kuh!« – ich habe hier nun mal viel dazugelernt.

Wie auch immer: Wenn Sie schon immer wissen wollten, warum die Neuköllner ständig vor sich hin brabbeln, wie man Silvester auf der Straße überlebt oder was es mit dem sagenumwobenen Getränk namens »Futschi« auf sich hat, haben Sie genau das richtige Buch erworben. Ach, und übrigens: Einige der hier versammelten Texte sind nicht unbedingt so milliardenprozentig ernst gemeint, wie es den Anschein haben mag – was bei manchen Sehrgutmeinenden natürlich die Frage aufwirft: Darf man sich über Neukölln und seine Bewohner überhaupt lustig machen?

Einfache Antwort: Ja. Denn erstens darf ich sowieso alles, was ich will. Und zweitens entpuppt sich das ein oder andere Klischee erst aufgespießt und ins Groteske verzerrt als das, was es wirklich ist: eine denkfaule Verallgemeinerung und überhebliche Halbwahrheit – und was halb wahr ist, ist immer auch halb falsch.

Dennoch oder gerade deswegen wünsche ich viel Spaß mit den Texten. Vielleicht kommen Sie mich ja mal besuchen …

Monolog des Müncheners

Der Sommer ist nach Sommerart recht heiß geraten. Weit offen stehen die Fenster zum Hof. Dort, bei den Mülltonnen, ertönt ein lautes Quieken. Wenn ich mich vom Schreibtisch aus seitwärts über das Fensterbrett beuge, dann kann ich sie unten huschen sehen, am helllichten Tag, zu viert, zu fünft: Sie mögen die Schwüle und den mit ihr einhergehenden Verfall – es ist ein ausgezeichnetes Rattenjahr.

Mit gebremster Sympathie verfolge ich das Spiel der possierlichen Nager. In der Papiertonne donnert es von innen kraftvoll gegen den Deckel – da muss sich ein besonders stattliches Exemplar gefangen haben. Freudig stelle ich mir das Gesicht des Münchener Paares aus dem Dachgeschoss vor, wenn sie nachher die *Süddeutsche* vom Wochenende entsorgen.

»Es ist alles so unglaublich billig hier«, jubelt es in diesem Moment über mir – der Münchener scheint zu telefonieren. Ich weiß, dass es Münchener sind; im Treppenhaus habe ich mich kürzlich mit dem Mann unterhalten, während die Frau die Tüten von Feinkost Wurm in der Karl-Marx-Straße nach oben schleppte. Der Zugezogene äußerte dabei lebhaftes Interesse an meinem finanziellen Auskommen.

Ich lehne mich weit aus dem Fenster, um ihn besser verstehen zu können.

»Ja, Neukölln heißt das Viertel hier. Armut zum

Heulen, aber das wird sich ändern, sagt der Makler. Der ganze Dreck kommt weg, also die Leute, und dann haben wir voll das malerische Downtown-Feeling. Soll ich dir mal sagen, was unsere Wohnung kostet? Praktisch gar nix, null, niente, 700 Euro. Gell, das ist lächerlich? Dafür eine Superterrasse, groß wie ein Fußballplatz! Und die Zimmer erst: Wir wissen bis jetzt noch nicht, was wir mit dem sechsten anfangen sollen. Vielleicht wird's ein Mensch-ärgere-dich-nicht-Zimmer, oder wir machen da einfach so eine Art Besinnungsraum draus. Solang wohnt da halt die Katz drin, die freut sich. Hab ich dir übrigens erzählt, dass wir für die ein polnisches Au-pair gefunden haben? Ein Supermädel: Stundenlang zieht sie die Stoffmaus hinter sich her – du, ich sag's dir, die wird nicht müd!«

Eine kurze Pause. Vermutlich weidet sich der Münchener an der Bewunderung seines Gesprächspartners. Unten haben die Ratten eine junge Katze umzingelt. Sie miaut ängstlich, doch erneut wird meine Aufmerksamkeit auf das Telefonat gelenkt.

»Jetzt haben wir uns überlegt, die Anna und ich, dass wir die Studenten direkt gegenüber rausklagen. Musst du dir vorstellen: Eine Studenten-WG in einer Dachgeschosswohnung. Der helle Wahnsinn! Das ist halt Neukölln – damit musst du hier rechnen. Aber ich kenn da zum Glück einen Anwalt am Ku'damm, den Meisenberger Fredl, der wo auch aus Grünwald ist, ein alter Spezi, großartig, ein Superspezialist für Mietsachen: warmer Abriss, kalter Abriss, original russische Rollkommandos – kost' ja alles nix. Die nehmen wir dann einfach als Reifenlager für den Allrad her, damit uns am Abend nicht ständig so ein Zausel auf den Prosecco schielt.«

Langanhaltendes Gelächter. Die Katze steht mit dem Rücken zu den Mülltonnen, ihr Fluchtweg ist versperrt. Sie versucht zu fauchen, bringt aber nur ein erbärmliches Zirpen zustande.

»Du fragst dich natürlich schon, von was diese Menschen eigentlich leben. Hier ist ja nix. Alles ist von Grund auf rott. Überall regiert die Resignation. Wer wirklich Arbeit will, der findet auch welche – meine Meinung! Bloß die Mentalität der Leute verhindert von vornherein, dass es jemals aufwärtsgeht. Hilfe kann nur von außen kommen – München, Düsseldorf, die NATO vielleicht. Nur mal als Beispiel: Unter uns, im vierten Stock, wohnt so ein armer Hund, zerlumpt und unrasiert, fährt zweimal die Woche Taxi und macht daneben noch irgendeinen brotlosen Scheiß. Aber du musst hier ja froh sein, wenn einer wenigstens noch ein bisserl arbeitet. Von daher hab ich auch so getan, als ob mich das interessiert. Der macht, sagt er, pass auf, kein Witz jetzt, vielleicht 800 Euro im Monat. Das verschnabuliert bei uns die Katz.«

Die größte Ratte packt die Katze an der rechten Vorderpfote und zerrt sie aus der Deckung, eine zweite schlägt ihre Zähne in den Hinterlauf, eine dritte beißt ihr in die Kehle.

»Aber du: Es ist so unglaublich spannend hier! Wir haben eine Mordsgaudi: Ständig schreit jemand rum, dazu der ganze Schmutz, die urigen kleinen Läden, die Junkies – echt der Superhammer! Überall hocken richtige Bettler rum – ja, das glaubst du nicht. Pass auf, ich hol mal einen aufs Handy und schick ihn dir als MMS. Und neulich hab ich am Müllcontainer sogar eine echte Ratte gesehen, aber davon sag ich der Anna besser nix. Die hat hier schon manchmal Angst beim Einkaufen, aber die BMW-Bank zahlt uns auch massig Buschzulage. Dabei kann eigentlich gar nicht so viel passieren: Am Abend bestellst du dir zum Ausgehen das Taxi direkt vor die Tür. Schaust halt beim Öffnen der Haustür immer kurz nach links und nach rechts, rennst dann geschwind zum Auto und fährst schön nach Mitte rüber. Taxi ist auch zapfenbillig, aber die Fahrer, mei, sparst dir halt das Trinkgeld – was für ein elendes Ungeziefer ...«

Im Hof schleift ein halbes Dutzend Ratten ein totes Kätzchen unter den wild wuchernden Efeu, um es dort in mundgerechte Happen zu zerreißen.

»Nein, die auch, aber ich hab jetzt grad wieder an den Ratz gedacht. Du, ich muss langsam Schluss machen. Ich bring die SZ runter zum Altpapier und schau auf dem Weg gleich mal nach der Katz – die hat heute den ersten Tag Auslauf ... Ja, freilich, dir auch, servus!«

Es ist ein ausgezeichnetes Rattenjahr.

Gebrabbel

In Neukölln brabbelt eigentlich ständig irgendjemand vor sich hin. Ich kenne keinen anderen Ort, an dem das sinnlose Gebrabbel im öffentlichen Raum auch nur annähernd so verbreitet ist. Neukölln ist die Welthauptstadt der Vor-sich-hin-Brabbler, und speziell in der Gegend um den Hermannplatz wird diese Kunst in einem Maße gepflegt, dass es die reinste Freude ist.

Der gewöhnliche Brabbler unterhält ein eher barockes Verhältnis zu seinem Gebrabbel. Das klassische Gebrabbel ist komplett sinnfrei. Erlaubt ist, was gefällt: Gemurmel, Gestammel oder Gebrüll – Hauptsache, schwer verständlich. Nachvollziehbare Äußerungen sind verboten. Beliebte Standardtexte sind »Mann, Mann, Mann«, »Scheiße, alles Scheiße«, »Schweine, ihr verdammten Schweine«, »Ich bring euch alle um« oder auch – neu in den Charts – »Wir holen uns unseren Schatz«. Wie so oft bekleiden die Neuköllner eine Vorreiterrolle – in diesem Fall in puncto seelischer Hygiene: Eine kürzlich veröffentlichte Studie beschreibt Selbstgespräche wegen ihrer Ventilfunktion für die Psyche als sehr gesund.

Es gibt allerdings verschiedene Brabbler-Typen.

Der sogenannte »Bruddler« etwa verzichtet völlig auf den Inhalt und legt alles in die Form. Er hat, meist in langjähriger Arbeit, eine Art Kunstsprache entwickelt, ein monotones Gebell, mit dem er seine Umgebung auf eher unaufdringlich zurückhaltende Weise dauerberieselt.

Ganz anders der »Politpsychopath«: Dieser betreibt, vorzugsweise schreiend, Propaganda. Zu Hause hat er zwei Wellensittiche, Adolf und Eva, denen er beigebracht hat, auf Kommando den rechten Flügel zu heben und Selbstgespräche antisemitischen Inhalts zu führen. Es gibt rechte und linke Politpsychopathen – nicht selten sehe ich, wie zwei Menschen, ohne dem jeweils anderen auch nur einen Funken Beachtung zu schenken, aneinander vorbeigehen, während der eine »Türken, überall Scheiß-Türken« und der andere »Ich kriege euch, ihr verdammten Nazi-Schweine« brabbelt.

Ebenfalls häufig kommen der »Paranoiker« und der »Schizophrene« vor, gerne auch in Personalunion. Sie brabbeln am liebsten in der Nähe von U-Bahn-Eingängen: »Scheiße ... Scheiße ist das ... Paranoia ... Das soll keiner mitkriegen, dass ich Paranoia hab. Keiner soll das mitkriegen! Mann, Mann, Mann.«

Außerdem gibt es noch den »Statistiker«, vermutlich laboriert er an einer Art Systemtick: Auf Spaziergängen durch belebte Straßen registriert er Leute, die ihm entgegenkommen, laut nach Gruppenzugehörigkeit. Zum Beispiel Ausländer im Verhältnis zu Deutschen. »Achtunddreißig zu siebenundzwanzig«, brabbelt er dann. »Nein, neununddreißig zu, nein, vierzig zu sieben-, nein, zu achtundzwanzig.« Das ist ein ganz schöner Stress, besonders wenn es sich um einen Statistiker handelt, der gleichzeitig wahnhaft darauf achten muss, mit seinen Füßen nicht die Ritzen zwischen den Gehwegplatten zu berühren.

Eine eher seltene Form des Brabblers hingegen ist

der »Haus-Brabbler«. Nicht weit von mir gibt es so einen. Er wohnt im vierten Stock, und das Fenster ist ständig geöffnet. Wann immer ich dort vorbeikomme, krächzt er alle paar Minuten: »Hau ab!« Kurzes Gebrabbel schließt sich an, dann Stille. Nach ein paar Minuten wieder: »Hau ab!« Gebrabbel, Stille. Um elf Uhr abends, um ein Uhr nachts, um fünf Uhr morgens, fast rund um die Uhr – so geht das seit Jahren jeden Tag. Nur tagsüber scheint er manchmal kurz Pause zu machen. Der sozialpsychiatrische Dienst in Neukölln kann sich ja leider nur um die schwerwiegenden Fälle kümmern.

Die Jugend von heute

Die Hitze verzieht sich auch nachts nicht mehr aus der Wohnung. Statt der erhofften Kühle weht nur Krach ins Zimmer. Seit nebenan der kleine Gangster eingezogen ist, trifft sich dort, bloß durch anderthalb Türen von mir getrennt, eine Bande junger Halunken, die Gras raucht und am Computer Autorennen fährt. Tag und Nacht hallen Flüche über den Hof und durch die offenen Fenster in jede Wohnung hinein. Wenn sie einmal nicht virtuell gegen Bäume rasen, ballern sie wild durch die Gegend – bis jetzt zwar ebenfalls nur am PC, doch ich bin gespannt, wie lange noch.

Neulich klingelte es um drei Uhr morgens an meiner Tür. Wie immer öffnete ich sofort, ohne zu wissen, wer vor der Tür stand. Der psychologische Hintergrund dieses Phänomens ist mir ein bleibendes Rätsel; möglicherweise handelt es sich um ein diffus sexuell motiviertes Verlangen nach Erniedrigung, Schmerz und Verlust des Eigentums, vielleicht aber auch um unterschwellige Todessehnsucht oder schlicht Neugier. Und setzt sich die Neugier nicht ohnehin stets aus ersteren Faktoren plus der Hoffnung, im Lotto gewonnen zu haben, zusammen? Logisch, dass ich obendrein längst in die vergifteten Tentakel der GEZ geraten war.

Vor mir standen fünf kleine Gangster. Die Jungs glotzten auf meine Micky-Maus-Shorts, und ohne ein »Guten Morgen« oder ähnlich dekadente Umschweife kam der Anführer der Horde, mein neuer Nachbar, zur Sache: »Meine Tür geht nicht auf. Können Sie meine Tür aufmachen? Machen Sie meine Tür auf.«

Drogen oder Dummheit – er hatte den Schlüssel von innen stecken lassen. Die anderen vier Gangster standen feixend um uns herum, während zur Dekoration zwei minderjährige Mädchen stumm auf den Treppenstufen hockten. Gerne hätte ich mal ihre Erziehungsberechtigten gesprochen, aber wenn sie welche gehabt hätten, wären sie ja wohl kaum hier gewesen.

»Geben Sie mir Werkzeug«, sagte der kleine Gangster, »Schraubenzieher und so.« Ich holte einen aus der Küche und gab ihn dem kleinen Gangster, der daraufhin begann, damit planlos die Tür zu bearbeiten.

Als er nicht weiterkam, wollte sich der kleine Gangster mein eigenes Schloss ansehen: »Zeigen Sie mal, wo kann man das Schloss rausschrauben?«

Ich gab zu bedenken, dass man das Schloss lediglich von innen rausschrauben könne und man dazu zunächst die Tür öffnen müsse. Trotzdem führte ich ihm auch noch mein Schloss vor, damit er mich in Zukunft leichter überfallen konnte. Mein Leben konnte schließlich immer etwas Spannung vertragen. Danach versuchte es ein anderer, der so eine idiotische Nazi-Clown-Frisur mit abrasierten Schläfen trug, mit einer EC-Karte. »Das ist eine schwere Altbautür mit Sicherheitsschloss«, informierte ich die Verbrecher.

»Haben Sie eine andere Karte? Geben Sie mir Ihre Karte«, forderte der kleine Gangster. Ich hätte keine, behauptete ich – sollte er sie sich doch holen, wenn er bei mir einbrach. Ich erwähnte nunmehr den Schlüsseldienst und nutzte die allgemeine Konfusion, die das unbekannte Wort hervorrief, um mein Werkzeug zurückzuerobern und außer Reichweite der Gangster zu bringen.

»Was ist Schlüsseldienst?«

Ich erklärte es ihnen und sagte auch, dass das bestimmt teuer würde.

»Wie ist die Nummer? Rufen Sie da an. Muss man das gleich bezahlen?«

Ich holte die Gelben Seiten aus der Wohnung und ließ sie darin blättern.

»Gibt keinen Schlüsseldienst«, zuckte der am wenigsten kleine Gangster mit den Schultern.

Ich suchte einen Schlüsseldienst heraus und diktierte ihm die Nummer ins Handy.

»Muss man das gleich bezahlen?«, hörte ich ihn fragen, dann war das Gespräch beendet. Ich schloss die Tür und ging wieder zu Bett. Irres Lachen und das Geräusch unablässig splitternden Holzes wiegten mich endlich in einen unruhigen Schlaf.

Die Trümmer hat der kleine Gangster bis heute nicht entfernt. »Wer macht das weg?«, wundert er sich bestimmt die ganze Zeit. »Machen Sie das weg. Warum ist meine Tür kaputt? Reparieren Sie das.« Aber nichts passiert. Nur irgendjemand hat ins Treppenhaus gekotzt. Das stinkt in der Hitze, und keiner macht es weg.

Eiszeit

Gegen Abend strömen immer noch unablässig kleine Kinder mit ihren Eltern in den Eisladen an der Ecke.

Der Eismann runzelt die Stirn. Ich ahne, was in ihm vorgeht. Schweißtropfen der Erschöpfung und des Zorns bilden sich am schütteren Haaransatz, bevor sie wie Bobs die Runzelbahn hinabrasen, um schließlich vom Kinn ins Ziel zu tropfen: den Behälter mit dem giftblauen Schlumpfeis. Hochgradig nach Chemie sieht das aus – mit den besten Grüßen von Bayer Leverkusen. Warum, denkt sich der Eismann, nennt man das bizarre Kühlpräparat nicht gleich Paracetamol-Eis? Vielleicht fänden die Kinder das auch lustiger? Erwachsene bilden sich ja ständig ein, zu wissen, was Kindern gefällt – das Resultat ist stets verlässlich das Gegenteil von gutem Geschmack: alles, was hässlich und grell aussieht, hässlich und überzuckert schmeckt, hässlich und albern klingt. Warum nur? Womöglich wollen Kinder gar nicht, dass ihre Fernsehsendung »Plumpaquatsch« heißt, und fühlen sich dadurch bloß gedemütigt. Ein Titel wie, sagen wir, »Stahlwolf« spräche sie gewiss eher an, da ist sich der Eismann sicher. Aber nein! Die Erwachsenen sind so dumm, besonders diese Kreuzbergschlaumeier hier vor seiner Nase. Oft fragt sich der Eismann, wen er mehr hasst: die Eltern oder ihre Kinder.

Die Schlange reicht inzwischen bis auf die Straße hinaus. Auch einzelne Erwachsene stehen an sowie

Pärchen, denen das ewige Warten den lauen Sommerabend verdirbt. Ich selbst tue mir das hier schon längst nicht mehr an.

Die Kinder entscheiden sich nicht. Eile scheint ihnen fremd zu sein. Mit ihren schmutzigen Händchen patschen sie ungeschickt auf die Scheibe der Vitrine. Das Glas wird der Eismann nach Feierabend wieder stundenlang schrubben müssen: Fett, Spucke, Nahrungsrückstände. Der Eismann schüttelt sich unmerklich vor Ekel, während er nach außen hin stoisch darauf wartet, dass sich der stupide Bengel vor ihm endlich für eine Sorte entscheidet.

Wie lange dauert das denn bitte noch? Warum helfen die Eltern nicht? Die müssten doch am besten wissen, dass ihre Kinder restlos überfordert sind. Die Mutter mit dem um die Haare geschlungenen indischen Tuch zum Beispiel feiert das Affentheater, als sei es eine gesellschaftsrelevante Leistung und nicht eine grauenhafte Zeitverschwendung, mit der sie den ganzen Betrieb aufhalten.

»Komm, Berengar, sag dem lieben Eismann, was du möchtest!« Der Eismann lächelt süßsauer. Hinter den zu Strichen gepressten Lippen knirschen die verfaulten Stummelzähne in ohnmächtiger Wut. Im Gegensatz zur Mutter hat er längst erkannt, dass der Junge sich offenbar noch gar nicht ausreichend zu artikulieren vermag. Er lallt wirres Zeug und quengelt. Vielleicht will er gar kein Eis, sondern lieber einen anständigen Schweinebraten? Und die Alte grinst bloß dazu, als klebe der Großteil ihrer weichen Bio-Birne für alle Zeiten auf Doppeltrip in Goa.

Dieses äußerst asoziale Gebaren, so analysiert der Eismann messerscharf, ist schlicht kriminell – Nötigung, Freiheitsberaubung, Haus- und Landfriedensbruch, Diebstahl von Zeit und Nerven. Lieber Eismann – wenn die wüsste! Er ist kein lieber Eismann. Seit zehn Uhr morgens täuscht er zu dieser Scheiße gute Miene vor. Er kann nicht mehr. Er will nicht mehr. Wäre er doch bei der Fremdenlegion geblieben. Wie sein Vater, wie sein Bruder, wie seine Schwester ...

»Mord«, denkt der Eismann unwillkürlich, als das Kind wie aus einem wilden Überlebensinstinkt heraus verzweifelt Richtung Panna Cotta patscht, während die Mutter es wiederholt zum blauen Gift hinschubst. Der Junge weint, der Eismann seufzt: Nun würde es noch länger dauern, und alles vermutlich nur für eine einzige Kugel. Mehr sei ja nicht gesund für das Kind, errät der Eismann den mütterlichen Gedanken. »Wenn die wüsste, wie wenig gesund allein schon eine Kugel ist, dann würde sie ihr debiles Balg unter den Arm klemmen und zusehen, dass sie Land gewinnt.«

Hinter dem Landwehrkanal geht die Sonne unter. In einer halben Stunde wird er den Arschlöchern die Tür vor der Nase zusperren und die Vitrine reinigen: Den uralten Lappen einsprühen mit »Finger weg«. Fett, Spucke, Nahrungsrückstände. Gründlich auswringen über dem Schlumpfeis. Gut sieht das aus!

Der Eismann schließt den Laden ab. Als er sich zu mir umdreht, schenkt er mir ein breites Lächeln.

Mein Freund, der Baum

Wir sollen die Bäume gießen, steht in allen Zeitungen, es sei heiß und sie brauchten unbedingt Wasser.

Sonst noch was?, ist mein allererster Gedanke. Soll ich vielleicht noch die Straße asphaltieren und fremde Kinder mit dem Schulbus zum Anti-Gewalt-Training fahren? Würde das dem sauberen Herrn Staat vielleicht gefallen, hm? Und ein bisschen regieren helfen eventuell, natürlich auch umsonst – wäre das genehm? Arschlecken, denke ich. Wofür würde ich denn Steuern zahlen, wenn ich genug verdienen würde? (Übrigens auch so eine Ungerechtigkeit, wie wenig ich verdiene.) Doch wohl für Einrichtungen wie das Gartenbauamt, das damit, bitte schön, die Bäume gründlich gießen kann – es ist nämlich verdammt trocken!

Als ich in der Hasenheide liege, auf meiner Wolldecke, mit einem Radler in der Hand, und nach oben blicke in den grünen Wipfel der Eiche, die mir Schatten spendet und Kühlung, schäme ich mich auf einmal meiner Gedanken. Nicht wegen des Staats. Mit dem bin ich quitt – schließlich hat er die strapazierte Mär vom Selbstbedienungsladen Sozialstaat längst ad absurdum geführt: Rentenabgaben ohne Rente, Fernsehgebühren ohne Fernsehprogramm, Schulbusse ohne Bremsen. Ich Eigeninitiative – er feuchter Händedruck: Fair Trade sieht anders aus. Vater Staat ist nichts als ein schlampiger alter Kumpel, der sich Bücher, Videos und Geld leiht und niemals zurückgibt. Eine fette Drohne, die immer dann vor der Tür steht, wenn es überhaupt nicht passt, dir laut summend deine Zeit und dein Bier stiehlt und in der Küche dein Bienchen angräbt, weil er denkt, du wärst gerade beim Scheißen.

Nein, ich schäme mich vielmehr vor der Eiche, dem ehrlichen Baum der Deutschen, der völlig zu Unrecht oftmals als Nazibaum diffamiert wird.

Der Staat versucht doch bloß, mit Hilfe seiner willfährigen Presseorgane Baum und Bürger gegeneinander auszuspielen. Das wird ihm nicht gelingen. Wir halten zusammen: Gemeinsam gegen den Staat. Ich werde den Baum gießen – nicht, weil mir der Staat das sagt, sondern trotzdem. Der Baum gibt mir Schatten, ich gebe ihm Wasser. So einfach ist das, eine Hand wäscht die andere, der Baum und ich, wir sind Freunde. In dem Baum befinden sich auch noch eine Menge Tiere, die von und mit dem Baum leben – Ameisen, Borkenkäfer, Spechte. Alle sind Freunde vom Baum, und die Freunde vom Baum sind automatisch auch meine Freunde. Freunde vom Staat sind sie nicht – der Staat hat keine Freunde. Er ist blöd.

Die Ameisen versuchen, mir ins Radler zu klettern. Ich mache sie ab, energisch, dabei gehen natürlich auch ein paar tot. Das ist schon in Ordnung, unter Freunden schätzt man klare Ansagen. Umgekehrt schmeißt mir ja auch der Baum ab und zu ein paar Eicheln auf den Kopf, wenn ich mich in seinem Schatten gar zu doll erhole.

Mit dem Radler bin ich fertig. Jetzt gieße ich den Baum, wie versprochen. Zwei vorbeilaufende Joggerinnen sehen indigniert zu mir herüber. Gut, sie haben ja recht. Es ist zwar bequemer so, doch mit dem notorischen Stehpinkler Staat will man sich noch nicht mal symbolisch gemeinmachen.

Okay, okay, ich hocke mich ja schon hin.

Mit dem Ordnungsamt Neukölln auf Sie und Sie

Wir befinden uns im Jahr zweitausendsieben n. Chr. Ganz Deutschland wird von marodierenden Banden beherrscht. Ganz Deutschland? Nein! Ein von unbeugsamen Beamten überwachter Bezirk im Süden Berlins hört nicht auf, den verrohten Sitten Widerstand zu leisten.

»Steigen Sie mal bitte ab.«

Von mir unbemerkt, hatte er sich am Herrfurthplatz hinter einer Biegung listig versteckt und baut sich nun direkt vor mir auf: ein Wegelagerer der guten Sache und kühner Krieger der Korrektheit. Neben ihm Knecht Ruprecht, die treue Seele in der gleichen dunkelblauen Uniform des Ordnungsamtes Neukölln.

Ich steige vom Rad. Für eine Flucht ist es zu spät – an den braven Bütteln kommt keiner mehr vorbei: Sie stehen mir im Weg, bereit zum schnellen Zugriff. Über die Fahrbahn flüchten kann ich nicht, die ist an dieser Stelle mit Schlaglöchern übersät und vollkommen unbefahrbar, deshalb bin ich ja auf dem ansonsten menschenleeren Bürgersteig unterwegs. Natürlich weiß ich: Vater, ich habe gesündigt! Genau das werden sie mir gleich erzählen.

Der Wegelagerer will Geld. Und zwar auf der Stelle. Das hätte ich nicht gedacht, aber ich kenne mich mit seinesgleichen auch nicht aus. Nach der gängigen »Feigling-Formel« (je mehr unangeleinte Kampfköter, desto weniger Ordnungsamtsmitarbeiter) bekomme ich normalerweise kaum mal einen zu Gesicht, denn in der Gegend wimmelt es sonst von freilaufenden Mordtölen. Die wehrhaften Herrchen der wehrhaften Viecher wegen Verschmutzung zu belangen wäre ein lohnendes, aber ungleich härteres Brot. Doch heute verhält es sich mit dem Kontrollgesindel wie mit dem lieben Geld: Wenn man es braucht, ist es nicht da.

»Sie zahlen mir jetzt zehn Euro«, insistiert der Häscher. »Dafür kriegen Sie dann einen Zettel.«

Der andere sagt gar nichts, er steht nur Schmiere.

Ich will keinen Zettel, schon gar nicht einen derart überteuerten. Selbst bei Karstadt bekomme ich fünfhundert DIN-A4-Zettel, chlorfrei gebleicht, für fünf Euro. Erklärend deute ich auf die Fahrbahn: »Auf dieser Buckelpiste kann beim besten Willen keiner Rad fahren.«

»Mir egal.« Er zuckt mit den Schultern. »Dann schieben Sie eben.«

Ich fürchte, ich muss meine Argumente exakt belegen. Ich hole den fünfzigseitigen Radwegeplan vom BUND Berlin aus der Tasche und schlage ihn in der Mitte auf. »Neukölln ist der Bezirk mit den schlechtesten Bedingungen für den Radverkehr«, zitiere ich, »nahezu alle Nebenstraßen verfügen über Kopfsteinpflaster in einer Ausführung, die für den Radverkehr nicht befahrbar ist.« Ich halte ihm die Abbildung 37, »Beispiel Herrfurthstraße«, vor die Nase: Sie zeigt etwas, das an die Reste einer allenfalls rudimentär erhaltenen Römerstraße erinnert. Das erklärt zugleich auch die Vorliebe der Anwohner für geländegängige Hunde und Fahrzeuge.

»Kenn ich nicht«, schüttelt er verstört den Kopf. Das hätte ich mir denken können: Der kennt allenfalls den

Bund Deutscher Mädels, aber im Leben nicht den BUND Berlin.

»Aber Ihr Job ist doch auch«, erläutere ich ihm in weinerlichem Ton, »dafür zu sorgen, dass Hunde einen Maulkorb tragen und nicht überall hinkacken. Warum kümmern Sie sich nicht darum, anstatt Radfahrer anzuhalten, die nicht auf einer Straße fahren, auf der sie nicht fahren können?«

»Die Hunde sind eben schwer zu kriegen«, vereitelt er souverän meinen unredlichen Versuch, Verbrecher gegen Verbrecher auszuspielen: Das hätte ich mir so gedacht!

»Sogar die Polizei belässt es in so einem Fall eigentlich immer bei einer Ermahnung«, reiche ich ein letztes Gnadengesuch ein.

»Erzählen Sie mir nicht, was die Polizei macht. Ich war vorher bei denen.«

»Dann würde mich ja interessieren, warum die Sie rausgeschmissen haben«, verlasse ich endgültig die Sackgasse der Diplomatie. Immerhin habe ich ihn tatsächlich zum Grübeln gebracht: Er ballt die Fäuste und knirscht mit den Zähnen, als plage ihn eine schlechte Erinnerung.

Ich kann mir denken, welche, den Zeitungsbericht habe ich noch im Kopf; es war 1997, vor dem Rathaus Neukölln: Ein Radfahrer überquerte die Kreuzung bei Rot und stoppte nicht auf Zuruf eines jungen Polizeimeisters. Mehrere Unbeteiligte starben im Kugelhagel.

Ich zahl dann mal lieber.

Lungern

Neukölln boomt. Wider sämtliche Unkenrufe nehmen in diesem Bezirk der Schmerzen die Menschen Herz und Schicksal in beide Hände und kämpfen engagiert gegen tatenlose Ohnmacht. Ein Ortstermin lässt uns staunen: In fast jeder Straße haben neue Lungereien aufgemacht, vor denen mit vollem Einsatz herumgelungert wird.

Gewiss, ausgiebig gelungert wurde hier schon immer. Seit jeher sieht man jüngere bis mittelalte Männer auf den Bürgersteigen scheinbar ziellos herumstehen und auf gar nichts warten, wie es ein unbefangener Beobachter glauben mag. Genau darin besteht der Irrtum, der dem Beruf des Lungerers zu einem eher zwiespältigen Ruf verholfen hat. »Natürlich gibt es auch Penner, die ziellos rumstehen und auf gar nichts warten«, sagt der 23-jährige Kevin M. mit mildem Spott. In dem schwingt freilich hörbar Enttäuschung über die mangelnde Anerkennung mit, die seinesgleichen entgegenschlägt. Er lungert an seinem Stammplatz vor dem McDonald's am Hermannplatz und klappt wie zur Bekräftigung den Kragen zum Schutz gegen die schweren Regenschauer hoch. »Von wegen ziellos! Bei Wind und Wetter lungere ich hier herum, Tag und Nacht, im Sommer wie im Winter – da brauchst du eiserne Disziplin.«

Und die richtige Kleidung. C & A in der Karl-Marx-Straße sowie die zahlreichen Billigläden rund um die

Hermannstraße und den Kottbusser Damm haben den Bedarf erkannt: Schnell trocknende Lungerhosen mit tiefen Taschen, in denen man die Hände vergraben kann, aber auch Zigarettenschachteln und Messer, denn das Lungern ist nicht ungefährlich. Oft gibt es Streitigkeiten um die wenigen guten Lungerplätze vor Cafés und Schnellimbissen – auch Straßenecken sind beliebt, weil man hier am besten gesehen wird. Den Engpass haben findige Köpfe erkannt und mit Mitteln des Senats und der EU florierende Lungereien eröffnet, die den Lungerern als perfekte Anlaufstellen dienen.

So viel Eigeninitiative lobt auch Wolfgang Schüttke, Neuköllner Stadtrat für Jugend, Sport und Lungern. Während wir dankbar den angebotenen »Futschi« schlürfen, zeigt der graumelierte Kommunalpolitiker stolz aus dem Fenster seines sonnigen Büros im vierten Stock auf den kleinen Platz direkt vor dem Rathaus. »Unser Prinzip heißt nicht mehr ›Von der Straße runter‹, sondern ›Auf die Straße rauf‹. Sehen Sie den Mann dort unten? Der hat vielleicht eine Karriere hinter sich: Arbeitslosigkeit, Sozialhilfe, ABM – ein Teufelskreis, aus dem es scheinbar kein Entrinnen gab. Nun hat er es doch geschafft, jetzt lungert er da unten. Nicht zuletzt dank der neuen Ecklungerei.«

Ebendort befragen wir den Betreiber Achmed Ö., was in seinen Augen eine gute Lungerei ausmacht. Erklärend weist der freundliche Türke auf die spärlich gefüllten Regale. »Von allem ein bisschen, von nichts genug!« Wir begreifen: Es gibt Zeitungen, aber nur drei oder vier, eine einzige Sorte Fertiggericht, fünf Marken Alkoholika, Toastbrot, Schrauben, Gummibärchen sowie sieben Videos mit indischen

Schmonzetten – nur die Zigarettenauswahl wirkt ergiebiger. Ein hagerer Mittvierziger erwirbt eine Packung Marlboro. Der könne uns eine Menge erzählen, zwinkert uns Ö. zu, und wir folgen dem Kunden nach draußen.

Bozidar K. ist ein alter Hase. Der 43-jährige Kosovokurde kennt sämtliche Kniffe, denn er lungert seit fast 25 Jahren herum, von einer kurzen Phase abgesehen, in der er sich als Karteileiche versuchte. »Hat mir nicht gefallen«, knurrt er, »lungern ist besser.« Soeben beginnt er die zwölf Stunden dauernde Spätschicht. »Gegen Morgen fallen dir manchmal fast die Augen zu«, gesteht er, während er »auf Lunger raucht«, wie der Straßenjargon das Rauchen während des Lungerns bezeichnet, zugleich ein integrativer Bestandteil des Arbeitsfeldes. Außer der Rauchpflicht gibt es weitere wesentliche Unterscheidungsmerkmale gegenüber Leuten, die einfach nur ziellos herumstehen und auf gar nichts warten: Während der Rauchpausen gehören die Hände unbedingt in die Hosentaschen; der Blick muss bei aller Müdigkeit stets argwöhnisch schweifen; pünktlich zur halben und zur vollen Stunde wird geräuschvoll der halbflüssige Teer ausgeworfen. Darüber hinaus gibt es saisonbedingte Verrichtungen wie Passanten anniesen und Frauen hinterherpfeifen.

»Ein geiler Job«, gerät K. ins Schwärmen. In erster Linie diene das Lungern ja dazu, dass sich die anderen Mitbürger vergleichsweise gebraucht und dadurch wohler fühlten. »Nur die Bezahlung könnte besser sein«, regt sich in dem erfahrenen Lungerer leise Kritik gegen den branchenüblichen Nulltarif.

»Aber man kann ja nicht alles im Leben haben.«

Die Wahrheit über Rütli

»Wer schwänzt, stört nicht«, verkünden große Lettern am Eingangsportal der Graciano-Rocchigiani-Schule in der Weisestraße. Früher war dies eine ganz gewöhnliche Hauptschule mit einem ganz gewöhnlich schlechten Ruf. Seit etwa einem Jahr ist hier jedoch eine der zahlreich neugegründeten Rütli-Schulen untergebracht – Neuköllns selbstbewusste Antwort auf Waldorf.

»Ach, hören Sie mir mit Waldorf auf.« Herablassend winkt Achim Wolfsmann ab. Der Lehrer für Sternkunde, kreative Komparation und gleichgeschlechtliche Lebensweisen steht mir bei der Schulbesichtigung mit Rat und Tat zur Seite. »Waldorf ist doch eine Pfeife vor dem Herrn ... Der größte Irrtum seit Hitler«, kann er sich ein leichtes Nachtreten nicht verkneifen.

»Wir sehen hier vor allem den Menschen«, erklärt der smarte Stellvertreter das »Prinzip Rütli«, benannt nach Robert Rütli, einem Chemielehrer, der einst im Unterricht von einer Gruppe staatenloser Schüler in die Luft gesprengt wurde. Danach erfolgte endlich ein allgemeines Umdenken. Schule soll wieder Freude machen. »Sehen Sie«, führt Wolfsmann aus, »es heißt doch nicht umsonst Schul*besuch:* Ein *Besucher* kann kommen und gehen, er ist ein gerngesehener Gast, der sich wohl fühlen soll.« Damals organisierte man einen runden Tisch, an den neben sämtlichen Schulleitern auch Vertreter des 1. FC Neukölln, der Hisbollah sowie ein lustiger Zauberer geladen waren. Das Ergebnis war der sogenannte »Rütli-Schwur« – eine einvernehmliche Einigung auf vollkommen neue Lerninhalte und Konzepte. »So viel zur Theorie«, tritt der patente Pädagoge mit breitem Grinsen die Tür zu einem Klassenzimmer auf. »Aber nun zur Praxis.«

Im Klassenraum führen fünf Schüler (»Die anderen haben heute keine Lust«) abwechselnd eine plumpe Gestalt in einer Burka an der Hand durch eine Gasse aus beiseitegeschobenen Schulbänken. Überwacht wird das von einer vierzigjährigen Latzhosenträgerin. »Das ist unsere beliebteste Klassenlehrerin«, wird mir Frau Geyer vorgestellt, die die Übung im Fach »Nettsein im Straßenverkehr« wie folgt erklärt: »Wir üben, eine blinde alte Dame über die Straße zu geleiten. Das macht du sehr schön, Fatima«, klatscht die Lehrerin aufmunternd in die Hände. Aus der Burka ertönt ein leises Brummen.

Fatima sei nicht nur vom Schwimm- und Sexualkundeunterricht befreit, sondern von allen Fächern, bei denen geguckt und gesprochen werden muss. Immerhin aber fresse das Mädel in der Schulkantine »wie ein Scheunendrescher, ganz unglaublich«. Da das Gewand ohne Sehschlitze gearbeitet sei, hätten böse Zungen einmal behauptet, darin stecke gar kein Kind, sondern ein Tanzbär, der in dieser Verkleidung vor seinen Peinigern aus Bulgarien geflohen sei. Geyer zuckt mit den Achseln. »Und wenn schon, ist das wichtig? Bei uns sind alle Schüler gleich.« Auf ihre Musterschülerin lässt sie nichts kommen: »Schließlich sprechen die Ergebnisse für sich.«

Behutsam schließen wir die Tür. Was nicht nur hier

ins Auge sticht, ist die stille Freundlichkeit im Umgang miteinander. Ob Esoterik oder Harfe, Walzertanzen oder Grießbreikochen – welchen Unterricht wir auch verfolgen, die wenigen Schüler bewegen sich wie auf Eiern, fassen sich sanft an den Händen und singen sachte vor sich hin.

Nur einmal schallen ungewohnte Töne aus einem Raum: »Willst du mich anmachen, du Opfer?« Doch auch das gehört zum Konzept der Schule, wie ich erfahre: Im Fach Deutsch müssten solche verdrängten Redewendungen unbedingt zurückgelernt werden, damit die braven Rütlischüler auf der Straße gegenüber den Waldorfrabauken nicht wehrlos unter die Räder gerieten. Rührend wirkt die gequälte Miene eines Mädchens beim gezwungenen Herauspressen des Satzes »Schnauze, du schwuler Kackhaufen«, doch es geht nicht anders: Auch an den Rütli-Schulen lernt man letztlich für das Leben, und das ist nun mal hart. Zum Ausgleich gibt es in der nächsten Stunde wieder »Nettsein in Haus und Garten« oder rhythmische Sportgymnastik.

»Ein neues Konzept allein genügt natürlich nicht.« Wolfsmann schiebt mich gegen Ende des Rundgangs zwinkernd in die Schulkantine. »Das Geheimnis lautet: ›Pubertin Contra‹ – eine Mischung aus LSD, Haldol und Frittenfett, die noch jeden zufriedengestellt hat«, prahlt der agile Anstaltsleiter und zeigt kichernd auf eine schnarchende Burkaträgerin neben einem Stapel leergegessener Teller. Auch wir stärken uns mit einer Kreation des Hauses. Gar nicht übel.

Bestens gelaunt treten wir wieder auf den Schulhof. Hier übt die AG Film. Arabische Schüler posieren mit Butterflymessern. Unter Anleitung eines Lehrers wird ein Dokumentarstück über das »Abziehen in der Fußgängerzone« gedreht. »Die Bilder haben den positiven Nebeneffekt, dass die Rütli-Schulen nicht völlig überlaufen sind«, freut sich Wolfsmann zum Abschied. »Wenn die wüssten, wie es bei uns wirklich zugeht, könnten wir uns vor Anmeldungen nicht retten.«

Robert Rütli wäre vermutlich vor Stolz geplatzt.

Die neue Wohnung

Seit kurzem wohne ich direkt am Hermannplatz. Auf meiner Straßenseite ist Neukölln, das Haus schräg gegenüber mit der renovierten Fassade und dem sonnigen Südbalkon gehört bereits zu Kreuzberg. Mit angenehmem Grusel schauen dessen Bewohner zu uns rüber. »Ich weiß, was in deren Köpfen vorgeht«, bemerkt meine südamerikaerfahrene Mitbewohnerin Else dazu. »Von unserem Hotel in Rio hatten wir auch einen tollen Blick auf die Favelas.«

In der neuen Wohnung funktioniert anfangs vieles nicht: Die Badezimmertür weist einen großen Riss auf, der Elektroherd läuft auf halber Kraft, im Hausflur gibt es keine Briefkästen und im Hof keinen Radständer – weshalb ich abends mein Fahrrad an das Geländer vom Eingang des U-Bahnhofes Hermannplatz festkette. Ein gutes Gefühl habe ich nicht dabei.

Einige Tage später erlebe ich jedoch eine feine Überraschung. Irgendjemand hat die Reifen meines Fahrrads aufgepumpt, den Rahmen frisch gespritzt und eine Blumengirlande um den Lenker gewickelt. Das vermute ich jedenfalls, denn überprüfen kann ich es nicht. Das Rad ist weg.

So ist ein kleiner Rundgang fällig: zur Polizei und zuvor noch zur Wohnbaugesellschaft »Stadt, Land, Fluss«, um die Mängel in meiner Wohnung anzuzeigen – denn telefonisch hatte ich dort bislang niemanden erreicht. Möglicherweise ist es den Leuten erfrischend egal, wer, warum, ob, überhaupt und vor allem, wie jemand wohnt. So steht unsere neue Heimstatt offenbar weitgehend leer: Im zweiten Stock bellt hinter einer Tür ein großer Hund, im dritten wohnt hinter einer anderen ein kleiner Hauswart und im ersten residiert das internationale Büro eines namhaften türkischen Kuhhandels. Ansonsten erscheint das Haus unbewohnt – nur manchmal fahren entsetzliche Schreie von irgendwoher durchs Treppenhaus und verhallen ungehört in der Weite der mächtigen Ruine.

Bei »Stadt, Land, Fluss« herrscht eine relativ entspannte Stimmung. Braungebrannt erwartet uns unsere persönliche Verwalterin, Frau Seidel – die längere Krankschreibung hat ihr sichtlich gutgetan –, und nimmt die Badezimmertür auf. Als ich den Herd anspreche, gluckst sie, und das Glucksen verstärkt sich, als ich die Sprache auf den Fahrradständer bringe: »Ein R-a-d-s-t-ä-n-d-e-r«, dehnt sie das ihr fremde Wort, als wolle sie es behutsam auf seinen Sinn abtasten, bis es zu einem absurden Matsch aus Buchstaben und Lauten zerfließt, dessen Bedeutung noch nicht einmal mehr abstrakten Charakter besitzt. »Aber klar doch! Und sollen wir Ihnen vielleicht noch jeden Abend ein Schälchen Konfekt ans Bett stellen?«

Ich blinzele zu Else hinüber. »Hm? Was meinst du: Schälchen Konfekt?«

»Au ja«, freut sie sich.

»Gut«, nicke ich, »nehmen wir.«

»Ist notiert«, behauptet Frau Seidel, ohne sich irgendwelche Notizen zu machen. »Huhu und heititei – bestimmt möchten Sie auch, dass wir Ihnen einen Aufzug einbauen?«

»O ja«, klatscht meine Leidensgefährtin in die

Hände, und ich bin begeistert: »Ja, das wäre natürlich klasse. Damit hätten wir jetzt gar nicht gerechnet. Dann kann ich das neue Fahrrad mit nach oben in die Wohnung nehmen. Das wäre sogar noch sicherer als ein Radständer.«

»Nein, jetzt mal im Ernst«, kontert Frau Seidel. »Was glauben Sie eigentlich? Einen Radständer gibt es nicht. So etwas ist überhaupt nicht im Etat vorgesehen.«

»Und ein neuer E-Herd?«

»Nein. Der Etat ist ausgeschöpft.«

»Und die Badezimmertür?«

»Kein Geld.«

»Machen Sie denn eigentlich überhaupt jemals irgendwas?«, hakt Else nach, freundlich, aber undiplomatisch.

»Nein«, gibt Frau Seidel ehrlich zurück.

»Das Haus hat übrigens neulich zweimal hintereinander deutlich geschwankt«, unterbreche ich das Schweigen. »Das liegt vielleicht an den Tiefbauarbeiten direkt vor der Haustür.«

»Kann schon sein.«

»Vielleicht fällt es irgendwann um.«

»Das ist nun wirklich nicht in unserem Etat«, bedauert Frau Seidel und verabschiedet uns. »Dann ist ja wohl alles klar so weit – auf Wiedersehen!«

»Na also, das hätten wir schon mal erledigt«, bemerke ich draußen zufrieden. »Und jetzt noch zur Polizei!«

Der Polizist macht ein ernstes und trauriges Gesicht, als er hört, dass mein Fahrrad am U-Bahnhof Hermannplatz gestohlen wurde – jedenfalls kullern ihm ein paar Tränen aus den Augenwinkeln, und er macht Geräusche, die ich auf Anhieb nicht recht einzuordnen vermag. Rasch fängt er sich jedoch wieder und verspricht: »Wir schicken sofort die Spurensicherung raus, schreiben das Fahrrad zur Großfahndung aus – die Rahmennummer haben wir ja – und veranlassen, dass sämtliche Grenzen und Flughäfen dichtgemacht werden.«

»Dann haben die ja praktisch keine Chance«, freue ich mich.

»Nicht die geringste«, bestätigt der Beamte. »Und nun gehen Sie bitte. Sie wissen ja, dass wir eine Menge zu tun haben.«

Gehorsam brechen wir auf. Hinter unserem Rücken lacht jemand. Warum nur? Was ist an einem Verbrechen so lustig?

»Ich fürchte, die haben dich verarscht«, bemerkt meine Leidensgefährtin so unfreundlich wie diplomatisch.

»Meinst du?«, wundere ich mich. Ich habe eher das Gefühl, dass man sich um mich kümmert und meine Anliegen ernst nimmt. Meine Vorurteile schmelzen dahin – der Hermannplatz ist doch gar nicht so schlimm.

Auch wenn in der Wohnung nach wie vor kaum etwas funktioniert, stelle ich bald erste Fortschritte fest: So komme ich doch eines Tages tatsächlich zum ersten Mal telefonisch bei »Stadt, Land, Fluss« durch. Ich habe angerufen, um in Erfahrung zu bringen, wie lange die Treppe noch durch eine Strickleiter ersetzt bliebe.

Am anderen Ende der Leitung antwortet eine Endlosschleife vom Band: »Nein, nein, nein, nein ...«

Die Kreuzberger sind da!

Schon wieder sind neue Mieter zugezogen. Die Fluktuation war hier immer groß – verrufene Gegend, viele Einzimmerwohnungen, gutes Preis-Leistungs-Verhältnis. Unter diesen Voraussetzungen droht automatisch Überfremdung: vor allem aus dem intellektuellen Kreuzberger Süden, dem sogenannten »Brain Belt«, drängen körnerpickende Junglehrer in meinen gemütlichen Bezirk hinein. Auch in diesem Haus war die Entwicklung bereits länger absehbar: eine schleichende Entneuköllnisierung, abzulesen an Füllstand und vor allem Füllart der gelben Tonnen, doch jetzt scheint ein neuer Höhepunkt erreicht. Ich stehe im Hof bei den Mülltonnen, mit der bitteren Gewissheit, dass die Mieterstruktur endgültig gekippt ist.

Die gelben Tonnen sind voll. Nicht mit Papier, nicht mit Schnapsflaschen und nicht mal mit Misch- oder Biomüll. Stattdessen sind sie voll mit typischem Gelbe-Tonnen-Müll, was auch immer das sein mag. Fünfzehn Jahre Neukölln haben aus meinem Kopf überflüssiges Wissen getilgt und Platz für neues geschaffen. Damals, nach meinem Einzug, hatte ich noch zwei Wochen lang verstockt wie eine alte Jungfer meinen Müll getrennt, bis ich den Anblick der feixend in den Fenstern hängenden Mitbewohner leid war. Rasch freundete ich mich mit der hiesigen Lebensweise an, die einzigartig Ergonomie, Savoir-vivre und Ökonomie unter geschickter Ausklammerung der lästigen Ökologie zu verbinden versteht. Wenn ich heute mittags rasch in Unterhosen über die Straße und in den »Oker-Markt« husche, um Schrippen und Bier zu holen, schmunzle ich oft in Erinnerung an meine frühere Verklemmtheit.

Und jetzt sind die gelben Tonnen voll. Davor steht, fein säuberlich sortiert und gestapelt, noch mehr Müll: Plastikmüll. Sogar ausgewaschen ist das Zeug, doch umso schlimmer verströmt es den ätzenden Gestank hochgiftiger Moralinsäure. Puh! Es ist wohl so weit: Die Kreuzberger sind da!

Sie haben nicht nur ihren Sondermüll mitgebracht, sondern obendrein ihre Bioläden, ihr Holzspielzeug und ihre Doppelmoral: Was nützt es, Joghurtbecher von Bananenschalen und Delphine von Thunfischen zu trennen, während man gleichzeitig schamlos um abgewrackte Atomanlagen schachert? Und natürlich ist weder dieses Haus noch die Berliner Stadtreinigung auf sie eingerichtet. Hier im Hof stehen zwei gelbe Tonnen für zwei Vorderhäuser und ein Quergebäude herum. Das müssen die machen, das ist Gesetz, so widersinnig es in dieser Gegend auch ist. Man konfrontiert uns immer mehr mit unsinnigen Normen, anstatt auf die Eigenheiten der jeweiligen Bevölkerung einzugehen. Und am Ende fliegt uns dann die ganze gefährlich gleichgemachte EU-Scheiße mit einem Riesenknall um die Ohren, so wie Ex-Jugoslawien. Lasst doch den Polen ihren Räucherkäse und den Neuköllnern ihre grauen Tonnen – es gibt einfach Wesentlicheres!

Aber nein, hier werden einer gewachsenen Kultur völlig fremde Gebräuche aufgepfropft, überdies ganz offensichtliche Scheinangebote, denn nähme man sie wirklich ernst, reichten die zwei Tonnen sowieso niemals aus – das sieht man ja jetzt, da die Kreuzberger alles vollmüllen. Als wenn man jede pro forma dargebotene Option unbedingt wahrnehmen müsste. Wenn zu mir jemand sagt, »Rutsch mir den Buckel runter«, klettere ich ihm doch auch nicht auf die Schultern und sause seinen Rücken hinunter. Der Kreuzberger würde es tun.

Um den Kreuzberger zu foppen und pädagogisch auf sein Fehlverhalten hinzuweisen, zog ich einmal eine andere typische Pro-forma-Option: Ein junger, frisch aus der Provinz zugezogener Nachbar, den ich verdächtigte, eigentlich ein latenter Kreuzberger zu sein, feierte Geburtstag und bat auf einem Aushang, den Lärm zu entschuldigen und »einfach mitzufeiern«; so etwas ist doch nie ernst gemeint, sondern bloß synonym für »Rutsch mir den Buckel runter« – das versteht sogar ein Kreuzberger. Trotzdem klingelte ich in den frühen Morgenstunden, von einem anderen Fest nach Hause kommend, an seiner Tür – ich wollte mitfeiern. Er hatte mich noch nie zuvor gesehen und staunte nicht schlecht, als ich an ihm vorbeimarschierte und erklärte, er könne noch froh sein, dass ich nicht die kurdisch-libanesische Großfamilie aus dem Nachbarhaus mitgebracht hätte. Er schien erleichtert und holte mir ein Bier. Ich setzte mich hin, langweile mich und die anderen Gäste und verstand immer weniger, warum er mich eingeladen hatte.

Seufzend werfe ich ein paar leere Batterien in den Biomüll. Im zweiten Stock bewegt sich ein Vorhang. Das müssen die Kreuzberger sein! Sie beobachten mich wieder mit ihrem selbstgebastelten Holzfernglas. Sie studieren unsere Gewohnheiten, um sich unerkannt unter uns zu mischen und so leichter verdrängen zu können. Wenn sie das geschafft haben, wird hier eine dritte gelbe Tonne angeschafft, später dann eine vierte.

Und irgendwann ist überall Kreuzberg.

Gemischtwarenladen

In den Neuköllner Seitenstraßen mit ihren niedrigen Ladenmieten florieren die Geschäfte gegen den Trend. Eigeninitiative, Phantasie und der Mut zur Gesetzeslücke haben hier einzigartige Einzelhandelszweige etabliert: eine wilde Mischung aus Bahnhofskiosk, Trinkhalle, Basar und Nachttankstelle. Sogenannte »Backshops« schießen wie Pilze aus dem Boden, und die gute alte Tante Emma erlebt als Onkel Mehmet ihre strahlende Wiedergeburt. So lockt an der Ecke Lichtenrader Straße der Laden »Zum Freund« mit interessanten Angeboten: »Einkauf Möglichkeit Allerlei«. Treffender kann man es kaum sagen, denn alle verkaufen alles. Gerade als Anwohner schätzt man den Luxus, nie weiter als einhundert Meter laufen zu müssen, ob für Druckerpatronen, Pizza, Farbeimer oder Sex.

Bis spät in die Nacht hinein bieten kleine Multifunktionsläden Erfrischungsgetränke, Süßigkeiten und Dosengerichte an. Die libertären Öffnungszeiten beziehen ihre Rechtfertigung aus zehn vergilbten Hüllen türkischer Videofilme, die lieblos in einer dunklen Ecke des Raums gestapelt sind. Unmissverständlich machen sie dem Ordnungsamt klar: »Was willst du – ist Videothek!«

Unnachahmlich diversifiziert wirkt auch das Sortiment im »Shop 38« in der Okerstraße. Vor geheimnisvoll verhängten Fenstern werben schlichte DIN-

A4-Ausdrucke mit »Tintendiscounter«, »Restbestände von allem«, »Auktio-Agentur« und »Dienstleistungen aller Art«.

»Sie wollen bei E-Bay steigern?«, präzisiert ein Aushang. »Sie haben kein Bankkonto oder wollen dieses nicht preisgeben? Kein Problem.« Daneben wirbt man für »Führerscheine aus dem EU-Ausland. Obwohl Sie zur MPU müssten. 100 % legal und muss von den deutschen Behörden anerkannt werden. Sie benötigen einen 3- bis 4-tägigen Aufenthalt im EU-Ausland.« Im Laden streunen Katzen zwischen brandneuen Autoreifen herum. Die kann man alle kaufen, man kann überhaupt alles kaufen, das ist Neukölln.

Leider scheint es die von mir gewünschte Druckerpatrone heute nicht mehr zu geben. Schade, die waren hier extrem billig – fast möchte man sich fragen, wie die das mit dem Preis immer machen. Der Händler sucht fahrig zwischen Computerspielen und Passhüllen, der Tintenverkauf ist wohl eher ein Nebenfaktor in der Betriebskalkulation. Dennoch habe ich unbedingtes Vertrauen. Zwar trägt der Mann im März barfuss Sandalen und der Bart hängt irgendwie falsch herum, doch in Geschäftsdingen sollte man nie nach dem Äußeren gehen. Ich würde seinem Schwiegersohn jederzeit einen Gebrauchtwagen verkaufen, auch ohne Papiere, 100 % legal.

»Druckerpatrone, hm, hm, für einen ... Wie war das doch gleich?«

»Canon i560.«

»Sieht schlecht aus. Das sind nun mal alles Restbestände.« Ich verkneife mir den Vorschlag, er möge doch seinen Haus- und Hofhehler das nächste Mal bitten, einen größeren Laster knacken zu lassen.

»Nee, tut mir leid«, gibt er die Suche auf. »Wie wär's denn mit 'nem Führerschein?«

»Hab ich schon.«

»Autoreifen, Geburtsurkunden, Fertiggerichte?«

»Danke, nein.«

»Dosenbiere? Versuchstiere?«

Er ist wirklich verdammt hartnäckig. Aber ich brauche nun mal eine Druckerpatrone. Zum Glück hat der Backshop »Etcetera« noch offen.

New Poverty – eine Utopie

Neulich in der U8: »Guten Tag, meine Damen und Herren! Wenn ich kurz um Ihr Gehör bitten dürfte: Mein Name ist Heinz. Ich bin vierunddreißig Jahre alt und durch ein von mir selbst konzipiertes Bauherrenmodell unverschuldet in Not geraten. Ich habe Hunger, keine Fünfzimmerwohnung und schon seit Tagen nicht mehr an der Börse spekuliert. Wenn Sie mir eine *Financial Times* abnehmen, könnte ich mir wieder ein paar Aktien holen. Von jeder verkauften Zeitung geht die Hälfte des Erlöses an mich und die andere Hälfte an den Verlag. Ich danke Ihnen für Ihre Aufmerksamkeit und wünsche Ihnen einen schönen Tag.«

Er geht mit den Zeitungen durch den Mittelgang, lächelt freundlich nach rechts und nach links in stahlharte oder gleichgültige Gesichter hinein. Keiner kauft dem armen reichen Mann etwas ab. »Hier«, ich stecke ihm eine Fünf-Euro-Note zu, »aber eine Zeitung will ich nicht, danke!«

»Vergelt's Gott!« Er hat Tränen in den Augen.

»Ist schon gut, Heinz.«

»Dr. Heinz, wenn ich bitten darf.« Ein letzter Rest Würde huscht über sein graues Gesicht. Ich schäme mich fast in Grund und Boden, als die U-Bahn hält und der ausgemergelte Anzugträger ohne ein weiteres Wort den Wagen verlässt. Auch ich steige nachdenklich aus. Schrecklich ist sie, diese neue Armut: die *New Poverty*.

Oben in der Hermannstraße ist es nicht anders, auch hier hat die *New Poverty* Einzug gehalten. Früher gab's hier nur Dönerbuden, jetzt ist alles voll mit billigen Delikatessenläden. Am Eingang eines Reformhauses sitzt so ein armer Hund auf einer schäbigen Lamadecke und hält den Passanten stumm ein schlichtes goldenes Schild mit der Aufschrift »Ich habe Hunger. Danke« entgegen. Unter seinem Nerzmantel ragt ein länglicher Knochen hervor, vermutlich eine abgenagte Hirschkeule. Immer wenn er sich unbeobachtet fühlt, greift der Mann mit den Fingern in eine aufgerissene Folie neben sich und stopft sich etwas Räucherlachs in den Mund. Einfach so, ohne Ciabatta. Schaudernd wende ich mich ab. Ein paar Schritte weiter bettelt mich ein Mädchen um Wertpapiere an. Sie brauche sie nicht für sich, beteuert sie treuherzigen Blickes, sondern für Tierfutter und deutet auf ihren prächtigen Araberhengst. »Haste mal 'nen Euro für 'n Brunch«, lallt ein junger Mann. Ich gebe ihm nichts, weil ich ihm ansehe, dass er das Geld eh nur in eine der unzähligen miesen Eck-Cocktailbars schleppen und für White Russians verprassen würde. Soll er halt zur IHK gehen, da hat die Börsenmission jetzt im Foyer einen Mittagstisch für Bedürftige eingerichtet, die dort umsonst ein karges Fünf-Gänge-Menü erhalten. Besonders im Winter sieht man hier graustopplige Mittzwanziger mit leerem Blick dünne Schildkrötensüppchen schlürfen.

Ein mitleiderregender, ein erbärmlicher Anblick.

Am deutlichsten wird das Elend jedoch im Park. Auf dem Kinderspielplatz neben dem neuangelegten Orchideenhain hat sich eine Gruppe der ärmsten der Reichen um ein wärmendes Kaminfeuer versammelt.

Ihr Gestank ist schon von weitem kaum auszuhalten: Das primitive Siebzig-Euro-Parfum verschlägt einem fast den Atem. Mehrere Pappschachteln mit billigem Champagner machen die Runde, die Stimmung schlägt um: Aggressives Grölen ertönt, »Kaufen, Alter, verkaufen«, man tauscht minderwertige Rohdiamanten oder versucht sich mangels Blättchen Zigaretten aus alten Staatsanleihen zu drehen. Ihre Villen haben diese gescheiterten Existenzen längst versteigert. Wenn es dunkel wird, bleibt als Schlafplatz nur die Bank beziehungsweise ein Sessel im Vorstandszimmer derselben. Auf dem Weg dahin sieht man sie ihren Wagen vor sich herschieben, in dem sich oftmals die gesamte Habe befindet. Dabei keuchen sie, dass man Angst um sie haben muss: Gar nicht so leicht, so ein 800er Daimler, voll mit Möbeln, Teppichen und Elektrogeräten.

»Haste mal 'nen Zehner für Sprit, Alter?«, fragt mich eine dieser bedauernswerten Gestalten. »Oder 'ne Kippe oder vielleicht 'ne Kreditkarte?«

So gerne ich helfen würde: Dr. Heinz, der Kaputte vorm Reformhaus, das rührende kleine Mädchen – mehr ist für heute nicht drin. Ich muss aufpassen, sonst ende ich noch genauso.

Der Flughafen Tempelhof – eine Vision

Wir schreiben das Jahr zweitausendzehn. Flughafen Tempelhof, Neuköllns Tor zur Welt. Von hier aus erreichte man lange Jahre die Metropolen des Kontinents: Die im Volksmund sogenannten »Hundekackebomber« nahmen Kurs auf Graz City und Friedrichshafen, sie flogen nach Dortmund und sogar nach Nürnberg. Doch, ach, im Herbst 2008 war Schluss mit dem harmlosen »Luxus des kleinen Mannes«. Nach zahllosen Beschwerden aus den betroffenen Städten wurde der Flugbetrieb eingestellt, um den Zustrom billigfliegender Krakeeler in Jogginghosen einzudämmen.

Was aber tun mit Tempelhof, diesem monumentalen Nazibauwerk? Allein der Unterhalt eines der größten Gebäudekomplexe der Welt kostete ein Heidengeld!

Die bankrotte Stadt war heilfroh, als sich schließlich ein Investor aus dem Umfeld der Walt Disney Company fand, dem sie die leerstehende Anlage zum symbolischen Preis von einem Euro veräußern konnte.

»Stillgestanden, rührt euch, stillgestanden.« Ein beleibter Kater Karlo in Phantasieuniform brüllt eine Reisegruppe an. Die jungen Amerikaner lachen und knipsen. Sie kommen aus Fucking-off-the-road im Bundesstaat North Boring, einer kleinen Stadt im mittleren Westen der USA. Selbst dort, wo langbärtige Vanish People, unentwegt parachristliche Tiraden murmelnd, in schwarzen Pferdekutschen durch endlose Weizenfelder klappern, kann man Bildungsreisen zum ehemaligen Flughafen Tempelhof buchen.

»Willkommen in ›Reich's Park‹, Schweinhunder«, schnauzt der Dicke. »My name is Göring, Reichsmarschall Göring«, begrüßt er die Besucher im ersten und einzigen Nazi-Erlebnispark der Welt.

»Los geht's«, rufe ich die Reisegruppe zusammen. »Please go ahead. Everybody has to get his Stempel now!« Zwar ist auch eine amerikanische Lehrerin dabei, doch ich bin der Führer – das ist Vorschrift. Ich trage eine schwarze Uniform mit Hakenkreuzbinde. Das Verbot verfassungsfeindlicher Symbole ist auf dem gesamten Gelände aufgehoben. Schließlich schafft der Themenpark über fünfhundert Arbeitsplätze, da zeigt sich die Politik nicht unnötig kleinlich.

Durch nicht enden wollende dunkle Gänge führe ich die Schüler zur nächsten Station, der Registrierung. In einer erniedrigenden Prozedur werden alle in einer langen Schlange bis an einen Schreibtisch geschleust, wo sie von einem fiesen Glatzkopf angeschnauzt werden, der jedem herablassend den Stempel »Gefangener der Gestapo« auf den Unterarm drückt. Damit unterscheidet sich der Vorgang im Grunde kaum vom gewöhnlichen Nacht- und Clubleben dieser Stadt, doch zum Glück wissen das die Gäste nicht. Und weiter geht's. »Folks, let's go to the Folks«, scherze ich, und die Gruppe lacht. Sie mögen mich. Prima, das wird mir gute Bewertungen verschaffen, und ich steige irgendwann zum Oberaufseher auf oder werde als Assistant Manager bei McEndsieg, der parkeigenen Imbisskette, die Zubereitung der »Schnitzelburger« kontrollieren.

Wir zeigen Goofy unsere Stempel und dürfen durch eine Flügeltür passieren. Nun befinden wir uns im Volksgerichtshof, dem sogenannten »Folks«. Einer nach dem anderen wird nach vorne zum Richterpult geführt, von einer Micky Maus in Robe mit den Worten »You arr sentencened to deass, dreckiger Schweinhund« angeschrien und anschließend mit Konfetti beworfen. Die anderen fotografieren ihn dabei.

Nach den Stationen Krauternte, Erschießungskommando und Führerbunker wartet auf dem ehemaligen Rollfeld einer der Höhepunkte, die »Berlin Wall«. Die passt zwar auf den ersten Blick nicht ins historische Schema, doch das spielt letztlich keine Rolle für die US-Kids, die noch nicht einmal so genau wissen, auf welchem Kontinent sie sich befinden. So tragen die Mauerschützen unter anderem Masken von Angela Merkel, David Beckham und Mahatma Gandhi. Im Zickzack laufen die Parkbesucher über einen glitzernden Parcours. Scheinwerfer leuchten das Gelände aus, ein Megaphon schnarrt »Achtung, Achtung« – es ist die Stimme von Franz Beckenbauer. Am Ende des Todesstreifens müssen die Schüler die Mauer erklimmen. Sie ist nur anderthalb Meter hoch, doch der Versuch, zwei besonders dicke Mädchen unter unablässigem Platzpatronenbeschuss in den freien Westen zu hieven, erfordert die Solidarität der gesamten Gruppe.

Im Anschluss an dieses wertvolle Gemeinschaftserlebnis haben sich alle eine Stärkung verdient. Jeder Stempel berechtigt zu einer freien Portion am Stand der »Waffel-Ess-Ess«, wahlweise mit »Blood and Honor« (Kirschgelee und Vanilleeis) oder mit »Roehm's Revenge« (Zimt und Zucker). Während sie essen, höre ich die Besucher angeregt diskutieren. Sie zeigen sich vom dargebotenen Realismus sichtlich beeindruckt: So schlimm hätten sie sich das alles im Leben nicht vorgestellt. Eines der dicken Mädchen weint – ich weiß nicht, ob vor Ergriffenheit oder Erschöpfung.

Das laute Heulen des Fliegeralarms bereitet der Pause ein jähes Ende.

Die Schlorkmaschine und wie sie in die Welt kam

In Neukölln gibt es Gegenden, die man bereits komplett an den Hundekot verloren glaubte. Inzwischen sieht man dort vermehrt die neuen Schlorkmaschinen der Berliner Stadtreinigung BSR im Einsatz. Sie sind die letzte Rettung, denn zeitweise verhüllte die Kotschicht das öffentliche Straßenland so flächendeckend, dass es für Rettungs-, Reinigungs- oder ähnlich verantwortliche Kräfte fast unmöglich wurde, überhaupt in die Gegend vorzudringen. Selbst die in Slalom, Hürdenlauf und Dreisprung geübte Bewohnerschaft war kaum noch in der Lage, ihre Häuser zu verlassen. Die sogenannte »Tretminendichte« in Neukölln war die höchste von ganz Deutschland; gerade das Gebiet zwischen Hermannstraße und Flughafen Tempelhof war zur buchstäblichen »No-Go-Area« geworden.

Am Ende blieben exakt zwei Möglichkeiten: entweder das gesamte Viertel mit einer gigantischen Schicht aus Glasbeton zu versiegeln und das Areal zum Heldenfriedhof umzuwidmen oder aber in der BSR noch ein letztes Mal alle Kräfte zu bündeln, um mit Hilfe von Sondereinsatzkommandos und neuester Technik der Herausforderung Herr zu werden.

Der Befreiungsschlag gelang schließlich dem BSR-Oberkonstrukteur Heinrich Blau. In monatelanger Nachtarbeit tüftelte er im Aller-Eck akribisch an einer Lösung, hantierte mit Gläsern, falzte Bierdeckel, schüttelte Würfelbecher. Schließlich kam ihm Ingenieur Zufall zu Hilfe: Gedankenverloren steckte Blau einen Strohhalm in seinen Futschi und saugte in einem kräftigen Zug das Glas leer. »Schlork«, machte es am Boden des Glases. Blau war wie vom Donner gerührt. Doch rasch siegte der Forscherdrang über den Schreck, und er machte einen siebten, achten, zwölften Versuch. Tatsächlich: »Schlork! Schlork! Schlork!« Jedesmal ertönte das laut vernehmbare Geräusch.

Am darauffolgenden Dienstag machte sich der verkaterte Düsentrieb sofort daran, die gewonnenen Erkenntnisse in die Tat umzusetzen, und schon bald stand der erste Prototyp matt glänzend auf dem gefegten Werkstattboden: die Schlorkmaschine. Grundlage waren Karosserie und Antrieb einer Gehwegmaschine, wie sie zur Schneebeseitigung auf Bürgersteigen verwendet wird. Kombiniert wurde das Vehikel mit einem riesigen Saugrüssel, der vom Führerstand aus zielgerichtet bewegt werden konnte, sowie einem Tank, um das angesaugte Material aufzunehmen. Bei einer Probefahrt entlang der Okerstraße testete Blau das Fahrzeug auf seine Tauglichkeit. Er zockelte von Hundehaufen zu Hundehaufen, justierte den Rüssel und stellte den Sauger ein. »Schlork«, machte der Rüssel jedes Mal und ließ den Hundestuhl fein säuberlich im Tank verschwinden. Dem Oberkonstrukteur standen die Tränen in den Augen: Er hatte es geschafft, das war der endgültige Durchbruch! Die erste Baureihe taufte der Erfinder auf den Namen HuKa 47 – in Anlehnung an eine hochprozentige Weinbrandmarke.

Auf diese Weise entging der wohl anrüchigste Kiez

Deutschlands in letzter Sekunde der Vernichtung und dem Vergessen. Zwar sieht es nach wie vor übel aus, doch die rund um die Uhr im Einsatz befindlichen Schlorkmaschinen schlagen verlässlich Schneisen in das Grauen; Rettungspfade, durch die sich die Bewohner von und zu der eigenen Haustür bewegen können – zum Sozialamt, zum Imbiss, zum Supermarkt. Stolz thronen die Ritter der Sauberkeit in ihren Fahrerkabinen. Rudel kleiner Kinder rennen den Maschinen hinterher und rufen im Chor: »Schlork, schlork, schlork!« Die Reinigungsfahrer sind ihre Helden, stolze Kapitäne der Kotentsorgung, und fragt man hier eines der Kinder nach seinem zukünftigen Traumberuf, so wird es garantiert antworten: »Wenn ich mal groß bin, will ich die Schlorkmaschine fahren!«

Rufmord im Pissoir

Auf dem Pissoir im Park steht: »Klaus ist eine Nazifotze.«

Das ist nicht schön. Nicht für Klaus und nicht für die Menschheit. Ein bisschen riecht die Sache auch nach Rufmord. Ich kenne Klaus nicht, doch es ist durchaus möglich, dass der Urheber der Inschrift unzureichend recherchiert hat.

Man müsste Klaus suchen. Bestimmt befindet er sich noch im Park. Er dürfte oft hier sein – sonst wäre der Zusammenhang nicht gegeben. Man schritte also die Wege ab, blickte mal hinter diesen, mal hinter jenen Baum, wartete womöglich auch an häufig besuchten Stellen. Spräche vorbeikommende Männer an: »Klaus?« Am Ende wird sich einer zu erkennen geben.

Hat man ihn gefunden, müsste man ihn zur Rede stellen: »Klaus, sag, ist es wahr? Ich hab auf dem Parkpissoir gelesen, du seiest eine Nazifotze? Du hast nunmehr die einmalige Gelegenheit, dich zu diesem Sachverhalt zu äußern.« Dabei würde ich ihm ernst in die Augen blicken, jedoch nicht ohne eine Art neutrales Wohlwollen, denn jegliche Form von Vorverurteilung liegt mir nicht nur fern, sondern ist obendrein der Angelegenheit kaum dienlich.

Unter Garantie würde sich Klaus überrascht räuspern. Das hätte allerdings wenig zu bedeuten: Wäre er tatsächlich eine Nazifotze, so mimte er natürlich künstliches Erstaunen, um den Verdacht von sich zu lenken. Möglicherweise verriete ihn jedoch ein Flackern der Augen, ein nervöses Zucken der Mundwinkel, ein vegetativer Ausschlag des Knies. Zermalmte er während des Räusperns ein kleines Nagetier oder einen Vogel in der Faust, trüge er ein T-Shirt mit rechtsradikalen Slogans oder zeichnete er im Verlauf der Gesprächssituation mit der Fußspitze gedankenverloren Hakenkreuze in den geharkten Kies, wären das weitere denkbare Indizien für sein Nazifotzendasein.

»Klaus«, würde man nunmehr mit mahnendem Tonfall den Druck leicht erhöhen, »Klaus« – nur eine Augenbraue leicht gehoben, mehr nicht, das genügt: väterlich und streng zugleich, beim Übeltäter ein Urbedürfnis zu wecken, dass er sich erleichtere, um nur die schiere Gewissensqual zu lindern.

Als Nächstes kommt es darauf an, was Klaus für ein Typ ist. Wenn er an diesem Punkt zusammenbricht und weinend gesteht, könnte man ihn meinetwegen sogar kurz in den Arm nehmen. Selbstverständlich müsste man ihm ohne Umschweife klarmachen, dass es hier leider ohne Polizei beim besten Willen nicht mehr geht. Doch sollte man ihm ruhig auch eine Perspektive aufzeigen: dass der menschliche Wille in der Lage sei, Berge zu versetzen, dass aus Nazifotzen Hasenmäuschen werden können und bei günstiger Prognose irgendwann die Schmähschrift von den Fliesen getilgt werde.

Es ist allerdings auch denkbar, dass sich Klaus der Überprüfung widersetzt. Er schaltet dann von Anfang an auf stur und bringt gezielt vom Thema ablenkende Fragen aufs Tapet wie: »Spinnen Sie?« oder

»Was wollen Sie eigentlich von mir?« Vielleicht kontert er gar mit dem so unsachlichen wie absurden Anwurf: »Selber Nazifotze!« Davon möge man sich keinesfalls beirren lassen. Versucht Klaus, sich der für ihn naturgemäß unangenehmen Situation durch Flucht zu entziehen, so sollte man ihn mit allen Mitteln stellen. Ich persönlich habe gute Erfahrungen mit einem Teleskopschlagstock gemacht. Antifaschistische Basisarbeit ist nun mal kein Zuckerschlecken.

Am besten für alle Beteiligten wäre freilich ein klares »Nein« aus Klausens Munde. Ein Irrtum kann schließlich immer mal passieren.

In diesem Fall müsste sich einer mal drum kümmern, dass der Spruch beseitigt wird.

Böse Nachbarn

Ich vermute ja, dass mein Nachbar, der links von mir wohnt, nicht ganz richtig im Kopf ist: Oft beugt er sich stundenlang aus dem Fenster und schreit Verwünschungen in den Hof, obwohl da niemand ist: Niemand ist ein Hurensohn; er würde die Mutter von Niemand ficken, und er würde Niemand um die Ecke bringen. Dann das Ganze da capo – warum, weiß ich nicht. Manchmal reicht es jemandem im Vorderhaus, und er ruft freundlich herüber, ob denn alles in Ordnung sei? Auf diese Weise gewinnen die Flüche rasch an Tragkraft: Jemand ist nun ein Hurensohn. Er würde, so der Schreihals, die Mutter von Jemand ficken, und er würde Jemand um die Ecke bringen. In der Regel wird es spätestens jetzt dem anderen zu bunt, und er schließt lieber das Fenster.

Ich fühle mich in diesem Umfeld immer weniger wohl. Dabei hatte im Haus jahrelang Frieden geherrscht: Die Alkoholiker gaben Ruhe und tranken. Auch mit dem Paar, das sich regelmäßig kloppt, konnten alle gut leben, da es sich bei der Ausübung seiner aufreibenden Tätigkeit gewissenhaft an die Einhaltung der Ruhezeiten hielt. Seit kurzem aber werden die alten Nachbarn sukzessive durch neue ersetzt, die ausnahmslos wahnsinnig sind.

Es ist nämlich nicht nur der Schreihals. Schon vor ihm waren über mir diese Leute eingezogen, die von morgens bis abends mit schweren eisenbeschlagenen

Stiefeln auf dem immer gleichen Fleck herumspringen – warum, weiß ich nicht. Unter mir haust wiederum ein junger Mann mit seinem besten Freund und ständigen Begleiter, dem Krach. Er ist der Herr des Lärms, der *Godfather of Noise* – alle Geräusche dieser Welt sind ihm untertan, sofern sie nur laut genug sind. Wenn er seine Wohnungstür schließt, fallen bei mir die Bücher aus dem Regal. Danach öffnet er die Tür sofort wieder, um sie aufs Neue zuzuschmettern, und das oft bis zu zehnmal hintereinander – warum, weiß ich nicht. Dazu die Musik. »Böse Menschen kennen keine Lieder«, lügt der Volksmund frech wie ein ertappter Liebhaber. Ich glaube im Gegenteil, dass böse Menschen besonders viele Lieder kennen, vor allem solche, die mit Kettensägen, Explosionen und startenden Düsenjets unterlegt sind. Darüber hinaus scheint der »Krachbar« einen großen Safe zu besitzen, den er auf seltsame Weise zweckentfremdet – anders kann ich mir die massiven Erschütterungen nicht erklären: Er zieht den Safe mit einer Seilwinde hoch bis an die Decke und lässt ihn von dort im freien Fall wieder zu Boden sausen. Und das den ganzen Tag lang – warum, weiß ich nicht. Zu guter Letzt kläfft seit neuestem rechts von mir ein Nachbar (oder ein Hund oder ein Schakal) ohne Luft zu holen unentwegt in den höchsten Tönen – keine Ahnung, warum.

Ich bin jetzt folglich völlig umzingelt: über mir die Springer, unter mir der Krachbar, rechts der Hund und links der Schreihals. Der sei, so erzählte mir kürzlich sein Kumpel im Treppenhaus, gestern aus dem Irrenhaus abgehauen. »Echt total krank!« Seine wahnhafte Spezialität bestünde im grundlosen Verprügeln alter Menschen.

Seitdem schleiche ich, wenn frühmorgens beim Schreihals noch Licht brennt, weil er gerade neue Drohungen gegen niemanden ausarbeitet, im eigenen Haus die Treppen wie ein Einbrecher hoch – leise, um nicht bemerkt zu werden, und zugleich behände: Falls er die Schritte wider Erwarten doch hört, sollen sie auf keinen Fall auf einen alten Menschen hindeuten.

Türkisch für Anfänger

Auf dem Schild am Zaun vom Spielplatz ist ein durchgestrichener Hund abgebildet. Der soll wohl nicht mitspielen. Hinkacken soll er hier ebenfalls nicht. So steht das auch auf Deutsch neben dem durchgestrichenen Hund. Auf Türkisch steht da hingegen: »Köpeklere yasaktir.«

Lassen wir das »Köpeklere« einmal weg. Das ist im Zweifel ohnehin nur eine leere Floskel wie »Effendi, könnsemabitte ...« oder so ähnlich. Bleibt noch »yasaktir«. Dem okzidentalen Ohr klingt das zunächst wie ein Widerspruch: Denn wer *ja sagt* zum *Tier*, sagt doch schließlich auch ja zum Hund. Oder irre ich da? Wäre hier nicht besser ein eindeutiges »neynsakhunt« angebracht gewesen? In diesem Fall selbstverständlich ohne »Köpeklere«, denn die Höflichkeitsform verbietet sich in Verbindung mit dem verneinten Imperativ.

Es ist aber doch kein Widerspruch.

Der Hund gilt nämlich, ähnlich wie das Schwein, als unreines Tier, quasi als Untier. Wer also »yasaktir« sagt, meint damit ganz automatisch »neynsakhunt«, »neynsakschweyn« oder »neynsakschwarzohrpinseläffchen«. Ein ausdrückliches Bekenntnis zum Tier ist zugleich immer auch eine ultimative Absage an das Untier. Und diese Art, selbst ein klares Verbot noch in eine positive Aussage zu packen, in ein erfrischend optimistisches »yasaktir«, ist mir allemal sympathischer als das herrische Kasernenhofgeblaffe preußischer Provenienz: »Hunde verboten!«, »Radfahrer absteigen!«, »Stillgestanden, rührt euch, stillgestanden!«

Wieder andere Schilder schmeißen sich gleich vollends an den verlogenen Jargon derjenigen heran, denen ein Hund allemal lieber ist als ein Mensch, weil er nie widerspricht und auf Befehl Stöckchen apportiert: »Wir müssen leider draußen bleiben«, heißt es dann bedauernd. »Leider« soll ausdrücken: »Schade, aber es geht nicht anders. Die anderen Menschen wollen das so, schlechte Menschen, anstrengend und launisch, die ständig diskutieren und keine Hunde mögen. Wie viel besser wäre doch die Welt, wären wir alle Hunde.«

Sind wir aber nicht, selbst wenn wir vermehrt wie solche leben sollen. Da scheint man in anderen Weltgegenden ein weit gesünderes Verhältnis zu Bruder Töle und Schwester Miezekatz zu haben. Von Onkel Affe und Tante Tapir einmal ganz zu schweigen.

Doch ist selbst dort für die Untiere längst nicht alles verloren. Sie dürfen sich halt weder essen lassen noch im Sandkasten spielen, aber das Leben hält zum Glück noch genügend andere Zerstreuungen für sie bereit: Sie können den Mond anheulen, in Rudeln durch karge Hochebenen streunen, sich von Touristenbussen auf die Dorfstraße plätten lassen oder was es der malerischen Möglichkeiten sonst noch gibt.

Das sollten nun wirklich Spielplätze genug sein!

Hope in der Hasenheide

Eine der angenehmsten und weltoffensten Einrichtungen der Neuköllner Shoppingwelt ist zweifelsohne der gigantische Freiluft-Drugstore »Park-Center« in der Hasenheide. Hier können sich Liebhaber speziell weicher Drogen schnell, unbürokratisch und bei angenehmem Service leckere Rauchwaren für einen gemütlichen Feierabend besorgen. Direkt unter dem Denkmal von Turnvater Jahn beginnt die Verkaufsfläche, die sich beinahe über den ganzen Park erstreckt. Wie bei IKEA gehören zum Einkaufserlebnis ein Kinderspielplatz, Gastronomie in Gestalt der Hasenschänke und sogar ein Open-Air-Kino. So macht Einkaufen wirklich Spaß! Am Eingang hängt ein Schild: »Geöffnet von 13.00–23.00 Uhr« – das nenne ich kundenfreundliche Öffnungszeiten!

»Hello, my friends, wie gäts?«, begrüßt uns der schwarze Verkäufer am Eingang.

»Danke«, antworten wir. »Kein Grund zum Meckern.«

»Want some grass?«

»Danke – wir wollten uns bloß ein bisschen umsehen!«

Ich gehe die Baumreihen entlang und blicke mal in dieses, mal in jenes Gebüsch hinein, während der mich bei diesem Einkaufsbericht begleitende Fotograf die Schilder dokumentiert. »Wir bringen jeden Diebstahl sofort zur Anzeige«, hängt (vorbildlich!) neben dem

»Gesetz zum Schutze der Jugend in der Öffentlichkeit« in unregelmäßigen Abständen an den Bäumen, doch Klauen ist hier ohnehin fast unmöglich, denn überall steht hochmotiviertes freundliches Verkaufspersonal bereit.

»Kss, kss. Alter, brauchssu was?«

»Danke, wir schauen uns noch um!«

Man muss die Verkäufer richtiggehend abwehren, von einer Servicewüste Deutschland keine Spur! Natürlich nervt die ständige Berieselung aus dem Ghettoblaster, doch ohne Reklame geht heutzutage nun einmal gar nichts mehr: »Heute aus unserer Gemüseabteilung: ›Holland's Hope‹, kräftiges Aroma, gutes High, ein Gramm nur 5 Euro 99!«

»Kss, Kss, Alter, wass loss? Wissu was kaufen?«, werden wir schon wieder angesprochen, in dem Jargon, den sich die Angestellten in jahrelangen Seminaren antrainieren mussten, um sich auf die spezielle Klientel einzustellen.

»Danke für die Mühe«, entgegne ich, »aber mit mir können Sie ruhig normal reden, ich bin kein Freak. Ich suche schon die ganze Zeit wie ein Blöder. Wo finde ich hier bitte den Super-Skunk?«

»Den Super-Skunk …?« Er gerät ins Grübeln. »Tja … Da gehen Sie am besten bitte diese Hecke entlang immer geradeaus, bis zu den grillenden Studenten. Der Kollege dort hilft Ihnen gerne weiter!«

Wir bedanken uns und schlendern in die angegebene Richtung, an Probierständen mit schwarzem Afghanen und marokkanischer Discountware vorbei, verkosten hier einen Joint und dort ein Pfeifchen. Beim Skunk erleben wir dann eine böse Überraschung: Der Verkäufer zeigt uns ein Sortiment verschiedener Tütchen und nennt einen horrenden Preis. Bestürzt verlangen wir nach dem Geschäftsführer, und bereits eine Minute später steht ein hochgewachsener Araber vor uns. »Dope-Manager« steht auf einem Schildchen an der Uniform; geduldig erklärt er die Zusammenhänge: Missernten, hohe Lohnnebenkosten und vor allem die unsichere politische Weltlage. Wir sollten doch nur mal einen Blick auf die Tafeln mit den Herkunftsländern der Produkte werfen. Und tatsächlich: »Schurkenstaat«, lesen wir. »Achse des Bösen« und wieder »Schurkenstaat«.

»Tja – da kann man wohl nichts machen«, zeigen wir uns einsichtig.

»Preiss leider, Alter«, bedauert der Manager. »Wissu rauchen, mussu teuer.« Doch das Hollandkraut aus dem Sonderangebot könne er besten Gewissens empfehlen, das rauchten sogar seine eigenen Kinder.

»Aus Holland? Na, ich weiß nicht«, schaltet sich sofort mein Umweltbewusstsein ein. »Immer dieser schweinedüngergezüchtete Gewächshauskram ...«, gebe ich zu bedenken. Und er dürfe auch normal mit uns reden.

»Ich gebe Ihnen die Ware auch billiger. Weil Sie's sind, Herr Alter«, sagt er und zieht dann mehrere Portionstütchen aus der einen Tasche und ein paar Bonbons aus der anderen. »Hier – für die Kleinen.«

An der Kasse werden uns die leeren Pfandtütchen, die wir mitgebracht haben, natürlich vom Endpreis abgezogen, während ein Einpacker alles schön in einer Tüte aus chlorfrei gebleichtem Umweltpapier verstaut.

»Beehr bald wieder, Alter«, verabschiedet er uns.

Aber klar doch!

Hauswart, Hofwart, Blockwart

Mir sitzt ein dicker Kloß im Hals. Mit Gebeten, Yoga und Sudoku versuche ich, die Blockade zu bekämpfen. Am Ende hilft doch alles nichts, und ich muss mich räuspern.

Eine Sekunde später klingelt der Hauswart Sturm: Er muss auf der Fußmatte vor meiner Wohnungstür übernachtet haben, nur um exakt diesen Moment abzupassen. In seiner Hand ruht ein Gewehr.

Es ist kein Gewehr im eigentlichen Sinne, aber doch immerhin ein Besen, den er wie ein Gewehr auf mich gerichtet hält. »Wat is denn ssum Teufel hier los?«, nölt er mich mit gequälter Miene an. »Wat machense da bloß die janze Sseit? Unten ist jrade dit Fahrrad von mei'm Sohn umjestürzt. Reißense da die Wand ein oder wie? Die Schränke sind ooch umjefalln, allet Jeschirr raus und so, der Balkong bricht ab, die Katze stürpt – wat für ein unjlaublicher Radau!«

Wie zur Bekräftigung rührt er mit dem Besenstiel in der dünnen Suppe aus Stickstoff, Sauerstoff und Edelgasen über unseren Köpfen. Schließlich setzt er die Waffe bestimmungsgemäß ein und fegt fahrig ein paar Brösel vor meiner Tür zusammen. Mit unendlich müden Augen blickt er lauernd an meinen vorbei: »Wat für ein Dreck!«

Dreck vor meiner Tür, und er macht ihn weg! Er müsste das nicht tun. Zwar fällt die Treppenreinigung in seinen Aufgabenbereich, aber von Schmutz war im

Vertrag keine Rede. Er tut es dennoch; er ist die Mutter Teresa vom Hermannplatz. Auf seinem Balkongeländer versammeln sich leprakranke Amseln und Marienkäfer, um sich von ihm salben und verbinden zu lassen. Währenddessen verheeren lärmende Landsknechte das Haus mit Gepolter, Staub und Satanistenmucke. Er erträgt alles. Niemand dankt es ihm. Wer, um Himmels willen, hat diesen Verbrechern Mietverträge gegeben, in dem Haus, in dem er wohnt, für das er verantwortlich ist – in seinem Haus??

»Ick mach dit denn ma weg«, seufzt er resigniert. Er leidet sichtlich. Mimik, Gestik und Tonfall triefen vor Anklage. Gegen den verhärmtesten Hauswart der Welt wirkt jede Trümmerwitwe wie ein zugekokstes Funkenmariechen. Sein Ganzkörpermagengeschwür schmerzt jeden im Umkreis von einem halben Kilometer. Und ich bin an allem schuld – sein Sog hat mich erfasst und zieht mich tief hinab in einen Strudel der Sühne: Betreten blicke ich zu Boden. Vom Gefühl her habe ich soeben mit einem verrosteten Jeep, aus dem ununterbrochen Öl und radioaktive Substanzen lecken, eine soeben geleerte Schnapsflasche in eine Gruppe vorbeiziehender Nonnen schleudernd, in der Spielstraße mit 120 Sachen seinen arglosen Jüngsten überrollt. Absichtlich.

»Dit nächste Ma leiser, ja?«, schnauzt er schließlich und macht auf dem Absatz kehrt. »In Ordnung«, flüstere ich demütig. »Danke für den Hinweis. Und entschuldigen Sie vielmals!«

Vorsichtig schließe ich die Tür und gehe zurück in die leere Wohnung. Die Musikanlage habe ich verschenkt, das Radio und den Fernseher ebenso. Zu laut. Außerdem sämtliche Küchengeräte. Ich wohne inzwischen auch längst alleine hier. Die Taubstummensprache, die ich mit meiner Freundin eingeübt hatte, führte ständig zu Missverständnissen. Gleichfalls wurde der Sex zum Problem. Alle paar Monate, wenn wir es gar nicht mehr aushielten, versuchten wir es verstohlen wispernd mit kaum merklichen Bewegungen – das Ganze hatte etwas von heimlichem Onanieren während der Weihnachtspredigt. Auf der Stelle schrillte trotzdem empörtes Geschrei wie eine Alarmklingel von unten gegen die Decke: »Ruhe, verdammt nomma! Feiernse da Orjen oder wie?! Wat für ne Schweinerei: Dit klingt ja, als würde ne Sau abjeschlachtet!«

Ich verstehe, dass sie gegangen ist.

Nicht mal im Sommer entspannt sich die Lage. Die Hauswartsfamilie verbringt die gesamten Ferien auf dem eigenen Balkon, wo sie schweigend auf den unablässig vorbeibrausenden Verkehr in der Karl-Marx-Straße starrt. Nur ein einziges Mal, es muss im Januar 1995 gewesen sein, genoss ich eine kurze Schonfrist. Zu jener Zeit drückten sich im dritten Stock auf einmal Fernsehteams und Reporter die Klinke in die Hand: Mit seiner einzigartigen seismographischen Begabung war es dem Hauswart gelungen, von Neukölln aus das schwere Erdbeben im japanischen Kobe zu registrieren. Zwei herrliche Tage ohne Aufsichtsterror und Schuldgefühle zogen ins Land.

Am dritten Tag rutschte im Bad leider ein Handtuch vom Haken.

Einfach irgendwohin

Der Hertzbergplatz an einem Mittwoch, vielleicht auch an einem Donnerstag: Ein altes Hutzelweibchen mit buntem Kopftuch leert hinter einem Gebüsch neben der Minigolfanlage aus einer Plastiktüte einfach irgendwelchen Müll auf den Rasen. Sie dreht sich halb zu mir hin, und ich blicke sie grimmig an. Sorgfältig schüttelt sie den letzten Rest aus der Tüte und blickt erst unsicher zurück, dann grimmig. Ich wiederum wechsle von grimmig zu unsicher. Daraufhin wiederum sie zu unsicher und ich zu grimmig. Wir wissen im Grunde beide nicht so recht, wie wir gucken sollen.

Es könnte ja zum Beispiel sein, dass man da, wo sie herkommt, seinen ganzen Müll einfach irgendwohin schüttet, ohne dass man dafür grimmig angesehen wird. Weil dort nämlich der gesellschaftliche Konsens sagt: »Schüttet euren ganzen Müll doch einfach irgendwohin. Das ist dann schon okay.« Vielleicht wird man sogar grimmig angesehen, wenn man es nicht tut, wer weiß es denn, man steckt nicht drin. Die alte Frau wird sich denken: »Der guckt mich nur grimmig an, weil er ein dummer und schlechter Mensch aus einem Land ohne Kultur ist. Was kennt der schon von meiner Kultur? Was weiß der zum Beispiel von der schwarzen Wutz? Dieser blauäugige Schlächter!« Da kann sie ja praktisch nur grimmig schauen, und ich, der ihre Gedanken ahnt, werde unsicher. Gewiss denkt sie sich nichts Schlechtes dabei, als sie jetzt die Straße überquert, dann mit zwei weiteren Plastiktüten zurückkommt und auch deren Inhalt einfach in die Rabatten kippt.

Das ist ja auch nicht leicht mit diesen fremden Sitten, ich kann davon ein Lied singen: Einmal im Urlaub bin ich, nicht zuletzt, weil ich dachte, mich zu erinnern, dass da irgendwas Komisches mit den Bekleidungsvorschriften war, nackig in einer Moschee rumgerannt und habe singend Schweinswürstchen über einer Kerze gebraten. Die Leute dort haben dann auch grimmig und unsicher geschaut, wobei »grimmig und unsicher« noch überhaupt keine Ausdrücke sind; passender wäre vielleicht »sehr grimmig und sehr unsicher«. Dabei war ich nun wirklich guten Willens, aber man kann im Urlaub eben die verrücktesten Überraschungen erleben. Man steckt echt nicht drin.

Als ich in Gedanken Revue passieren lasse, wie ich damals, nur wegen dieses blöden Missverständnisses, vor dem rasenden Lynch-Mob durch die engen Gassen flüchten musste, gucke ich grimmig. Die alte Frau guckt unsicher: Weiß sie am Ende doch, dass es hierzulande als wenig opportun gilt, seinen ganzen Müll einfach irgendwohin zu schütten? Oder weiß sie es nicht, weil sie genau bei diesem Thema in der Integrationsschulung gefehlt hat? Weil sie schwer krank war, gemütskrank, da sie hier ständig grimmig angestarrt wird und nicht weiß, weshalb? Bei den Buchstaben K, L und M hat sie sich schon kaum noch auf ihrem Stuhl halten können, aber sie hat trotzdem die Zähne zusammengebissen: Alles über K wie »Karneval«, L wie »Lesben-WG« und M wie »Mischgemüse«

hat sie wie im Fieber in ihr kleines Oktavheftchen geschrieben; zu Hause dann gepaukt bis zum Erbrechen, gelehrig, integrationswillig. Bei N wie »Niemals seinen ganzen Müll einfach irgendwohin schütten« lag sie dann im Bett. Wochenlang konnte sie das Haus allenfalls verlassen, um in unregelmäßigen Abständen ihren ganzen Müll einfach irgendwohin zu schütten. Natürlich verpasste sie auch noch die Buchstaben von O wie »Ordnungswidrigkeit« bis Z wie »Zeigefreudig«. Die arme Frau – genauso muss es gewesen sein! Mein Blick wird unsicher.

Die alte Frau blickt grimmig: Schließlich weiß sie doch genau, dass es in diesem Land nicht gerne gesehen wird, wenn man seinen ganzen Müll einfach irgendwohin schüttet, aber sie kann nicht anders – ihr Glauben zwingt sie dazu. Jetzt sehe ich auch, dass dieser Akt des Ihren-ganzen-Müll-einfach-irgendwohin-Schüttens etwas überaus Würdevolles besitzt – wie ein Gottesdienst. Einmal, ein einziges Mal, hat sie ihren Kram in die Mülltonne geworfen, und noch in derselben Nacht hat die schwarze Wutz sie in ihren Träumen heimgesucht und ihr kalte Fanta über den Kopf gegossen. Das war nicht schön, das muss wirklich kein zweites Mal sein.

Entschlossen stapft die alte Frau davon.

Die Nummer von dem Tier

»Macht 6,66«, sagt die Kassiererin zu mir. »Müssense mir eenen ausjeben, jetze. Dit is übrijens schon dit zweete Ma' hintanander!« Sie deutet, ohne sich umzudrehen, mit einer Salatgurke lässig über ihre Schulter hinweg auf den Kunden vor mir. Der nickt bestätigend und lächelt scheu. Er findet sich unversehens im Mittelpunkt, und dementsprechend unwohl fühlt er sich in seiner Haut.

Ich mich auch in meiner. Ich ahne immerhin, was diese Zahl bedeutet. 666: Das ist »the number of the beast«. Das weiß ich schließlich von Iron Maiden – Heavy Metal bildet ungemein. Früher habe ich das ja gerne gehört, als ich noch ganz hart und böse war. Ich trank hektoliterweise Bier, hörte mir brüllende Gitarrengewitter an, und wenn ich in den Spiegel blickte, erschrak ich fast zu Tode – also schaute ich nicht mehr in den Spiegel, jahrelang nicht, durch meine meterlangen Haare hätte ich sowieso nichts gesehen. Auf diese Weise wurde ich immer böser und härter. Ich wurde inner- und äußerlich dermaßen hart, dass es härter nicht mehr ging.

Bis ich eines Tages durch ein einschneidendes Erlebnis bekehrt wurde. Ich kann über diese Epiphanie nicht viel sagen, außer dass sie an einer Bushaltestelle passierte und mit einem struppigen kleinen Hund zu tun hatte sowie einem mörderisch herbeibrausenden Bus der Linie 104. Danach war meine Seele wieder so weich und geschmeidig, wie sie vor meiner Heavy-Metal-Zeit gewesen war. Ohne zu zögern, räumte ich nunmehr die Krachmusik ins hinterste Regal, kaufte mir grünen Tee und pinkelte fortan nur noch im Sitzen. Doch die Nummer von dem Tier behielt ich in meinem Adressbuch – man kann ja nie wissen, ob man nicht mal höllischen Beistand benötigt, denn genau der steckt hinter der Zahl 666.

»Das ist doch irgendwas Satanisches«, kläre ich die Verkäuferin auf.

»Ja«, deutet sie freudig erregt auf ihren Kopf. »Kiekense ma, wie mir hier glei' kleene Hörnchen aus'm Kopp wachsen! Na, jetze hamse aber Angst, wa?«

Sie lacht.

»Nein, ich hab keine Angst«, antworte ich zögerlich, aber durchaus gewitzt – seit dem Improtheater-Schnupperkurs bin ich extrem spontan und schlagfertig geworden. Auch meine Aufmerksamkeit hat sich geschärft: So ist mir fast, als veralbere sie mich – sie scheint sich des Ernstes der Lage nicht im Geringsten bewusst zu sein. Dabei war es doch ihre Registrierkasse, aus der die Nummer von dem Tier gekrochen kam.

Und es ist bestimmt kein Zufall, dass das Ganze ausgerechnet hier bei EDEKA passiert. Wenn man nämlich von EDEKA den letzten Buchstaben um eine Position nach vorne rückt und die anderen vier Buchstaben behutsam ersetzt, dann ergibt das: SATAN!

Ich zittere. Ich will nur noch raus hier aus dieser Einkaufshölle, nichts wie weg!

Ich zähle ihr genau 6 Euro 66 auf die Hand. Es ist wie verhext – wieso habe ich das Geld plötzlich genau passend? Die Sache wird mir immer unheimlicher, und die Kassiererin hat offenbar noch nichts bemerkt. Ja, muss hier denn erst ein grunzendes Monster seinen mit Schwefel aus dem Angebot bepackten Einkaufswagen an ihr vorbeischieben, bis sie endlich begreift, in welcher Gefahr wir hier sind - ja, sich die ganze Welt befindet? Oder ist sie selber gar ein Sukkubus, der mit dem Fürsten der Finsternis unter einer Decke steckt? Nein, das kann nicht sein: Die haben hier jetzt sogar am Samstag noch bis 18 Uhr auf – da bleibt dem Personal nun wirklich keine Zeit für derart aufwendige Nebenbeschäftigungen.

»Danke«, sagt sie. »Schön' Feierahmt – wollnse no' Ihre Quittung?«

Erst will ich sie nicht, doch dann stecke ich sie, nur um einen Beweis in der Hand zu haben, in mein Portemonnaie hinter das Foto von dem struppigen Hündchen. Friedlich sieht er aus, wie er zusammengerollt auf der Seite liegt, so als würde er schlafen, der kleine Höllenhund.

Trinker unter sich

Es regnet in Strömen. Am Rand der Grünanlage ist ein gelber Rettungshubschrauber gelandet. Teilnahmslos verfolgen zwei Männer, die auf einer Bank mitten im Regen sitzen, das Geschehen. Gestern waren sie noch zu dritt. Da war das Wetter auch noch schön.

Der Regen ist nicht sonderlich kalt. Die Herren werden nass, doch irgendwann hört der Regen ja auch wieder auf – insofern beherbergen die letzten intakten Gehirnzellen noch konkrete Erfahrungswerte. Sie werden die Naturgewalt einfach mit ihrem Gleichmut zermürben. Dann kommt der Wind, der sie trockenpustet; oder die Sonne, die sie wärmt; oder der Nebel, der sie einhüllt. Oder eben nicht – nasser als nass kann man ohnehin nicht werden. Es ist ihnen egal. Krank werden sie nicht mehr; krank sind sie schon; alkoholkrank. Da hält man eine Menge aus. Da ist einem eine Menge egal. Erkältungen gehören ihrer biographischen Steinzeit an, in der ihnen neben fester Arbeit und Adresse auch feste Nahrung noch ein mit Inhalt erfüllter Begriff war. Der Sprit tötet sämtliche Bakterien. Und wenn er mit denen fertig ist, holt er einmal kurz Luft und tötet anschließend sie selber. Angesichts grundloser Jammerei allerorten nötigt mir dieser konsequente Totalabsturz mit Mumm und Wodka Kasparow bei aller Traurigkeit Respekt ab: männliche Seelen, die zu schwach sind, um zu kommunizieren, und zugleich doch stark genug, um zu verrecken.

»Christoph« steht auf dem Rettungshubschrauber. Komisch, wie die Menschen in einer kindischen Variante von Ordnungstrieb den Dingen zwanghaft Namen geben. Zumindest passt er: Der heilige Christoph gilt als Schutzpatron aller Reisenden und Nothelfer bei plötzlich auftretenden Gefahren, dazu als trinkfester Gesell in Gottes großer Himmelskneipe.

Noch immer sehe ich keine Bewegung am Hubschrauber. Vermutlich ist der zu Rettende bereits drin, sofern er überhaupt noch zu retten ist. Wenn der gelbe Christoph kommt, ist der Fall schließlich meist besonders ernst, im Sinne von eilig – sonst hätte es ja auch ein Fahrradkurier getan.

Bestimmt ein Trinkunfall! So etwas gibt es im Bereich der beiden für Trinker reservierten Bänke leider öfter. »Trinkerbank« steht nicht auf den Lehnen – das ist auch nicht nötig. Erstens verbitten sich die ortsansässigen Geldinstitute derlei Hinweise in typisch kleinlicher Manier; zweitens sind die Bänke durch eindeutige Trinkutensilien wie Flaschen, Dosen und Erbrochenes markiert; drittens kommt hier sowieso kaum jemand vorbei. Nur ich bleibe manchmal stehen und sehe den Trinkern beim Trinken zu: So nahm gestern einer einen Schluck aus einer Flasche mit einem durchsichtigen Getränk, um im nächsten Moment einen in der Menge weit über den ursprünglich genossenen Schluck hinausgehenden Schwall auf den Boden vor sich zu erbrechen. Dabei wirkte der Mann – übrigens genau jener, der im Moment fehlt – auf eine stolze Art beherrscht, als handele es sich bei seiner Performance nicht um einen mittelschweren Trinkunfall, sondern nur um eine Art Morgenroutine, und vermutlich war sie das auch.

Einen gefassten Eindruck machen auch die beiden Zurückgebliebenen. Der heftige Regen scheint ihren Durst zu mindern. Trinken ist morgen wieder dran, heute lautet der Tagesbefehl »nass werden«. Ich habe nicht das Gefühl, dass es sie überhaupt interessiert, was vor ihren Augen abläuft.

Die Rotorblätter beginnen sich zu drehen, werden schneller, das anfängliche Pfeifen geht in ohrenbetäubendes Geknatter über, weit spritzt das Wasser von den Bäumen, kleine Äste fliegen durch die Luft. Die Trinker starren stoisch ins Nichts und werden immer nasser. Schließlich schraubt sich der Hubschrauber langsam in die Lüfte. Die Trinker heben nicht den Kopf. Sie scheinen vollauf damit beschäftigt, nass zu werden. Vielleicht beten sie ja auch für ihren Kollegen dort drin. Der hat die durchsichtigen Flüssigkeiten weitgehend hinter sich. Nur eine rinnt noch müde durch einen Schlauch in die Vene. Das war's.

Immer schön locker bleiben!

Viel zu spät habe ich bemerkt, dass mein Personalausweis abgelaufen ist.

Ich bin abgelaufen.

Ich existiere quasi nur noch auf Abruf, in einem unwirklichen Schwebezustand zwischen Sein und Schein, Legalität und Illegalität. Ich bin kein Bürger mehr, bin vogelfrei, ein Insekt ohne Identität – wie eine Mücke dürfte mich jeder auf der Stelle straflos töten. Das ist auf die Dauer ein nicht wirklich tragbarer Zustand.

Um wieder sein zu können, mache ich mich zum Bürgeramt Neukölln auf, das sich gleich hinterm Rathaus befindet.

In der Eingangshalle steht ein Glaskasten. Auf dem Glaskasten steht »Information«. In dem Glaskasten steht eine dicke Frau. Neugierig guckt sie aus dem Glaskasten heraus. »Liebe dicke Frau«, spreche ich sie an und führe aus, ich hätte aufgeschnappt, dass das neue Passbild mittlerweile völlig neuen Vorschriften genügen müsse. Ob das für meinen Personalausweis auch vonnöten sei?

Nein, erklärt mir die dicke Frau, das gelte nur für Reisepässe, »wegen der Amerikaner«. Da ich auch keine herkömmlichen Passbilder mehr habe, empfiehlt sie mir dafür einen Fotoladen schräg gegenüber.

Am Schaufenster steht: »Passbilder« und »Bewerbungsfotos«. In dem Laden begrüßt mich ein alter Fotograf. Er bittet mich, in einem Sessel Platz zu nehmen, und verschwindet im Nebenraum. Ich blicke mich um: An den Wänden hängen Porträts, die per Computer auf Ölbild getrimmt wurden. Sie zeigen Dobermänner im Halbprofil, Hochzeitspaare von vorne und nackte Frauen von der Seite. Auf einem Bild mir direkt gegenüber kniet eine Frau in pornographischer Pose auf einem Eisbärenfell. Ich staune: Mit solchen Reisepässen erhält man garantiert unbegrenzte Visa für Sodom und Gomorha! Oder fällt das in die Kategorie »Bewerbungsfoto«? Es gibt ja die verrücktesten Berufe ... Immerhin ist die Dame auf dem Fell alt genug, um selbst zu entscheiden, womit sie ihr Geld verdient. Unbehaglicher wird mir da beim Anblick verschiedener halbwüchsiger Mädchen: Profilaufnahmen präsentieren die nackten Minderjährigen bis zur Taille, die blanke Brust vom angewinkelten Arm bedeckt. Wie, bitte schön, sind diese Teenies hier an der Wand gelandet? Wurden sie von der Mama losgeschickt, um ein paar Passfotos machen zu lassen, und der Fotograf manövrierte sie freundlich speichelnd in den kleinen Nebenraum? »Weißt du denn schon, wie das mit den Passaufnahmen geht, du liebes Kind?«

Und jetzt hängt sie da als billiges Ölgemälde – Rembrandt goes Wichsvorlage. Für einen »Kinderausweis«, so der verhohlene Code für die Porträts im Pädophilenjargon, zahlen die Perversen sicher einen Heidenpreis. Dem Hoffotografen der Meldestelle Neukölln spielt zudem ins schmutzige Blatt, dass die Polizei auf der Jagd nach seinesgleichen nur noch das Internet durchforstet, anstatt einfach einmal quer über die Straße und in seinen Laden hinein zu spazieren.

Der Fotograf kommt mit einem Kunden in den Verkaufsraum zurück, verabschiedet ihn und bittet mich nach nebenan. Das Atelier ist recht normal ausgestattet, mit einem Stativ, zwei Schirmen, einem Spiegel. Als einzige Besonderheit liegt in der Mitte des Raums ein Eisbärenfell.

»Machen Sie sich bitte frei«, fordert der Fotograf.

Also doch! Von wegen »Nur für Reisepässe«! Und wir Yankee-Vasallen machen wieder brav jeden Müll mit. Doch noch bin ich vogelfrei. Habe ich einen Ausweg? Scheiß drauf, Hannemann, Augen zu und durch, es wird eh nicht lange dauern! Außerdem kann ich's mir jetzt grad noch leisten, das wird in zehn Jahren bestimmt anders sein.

Ich ziehe mich aus. Erst ein wenig gehemmt, doch bald zunehmend anmutiger, räkle ich mich auf dem Fell. »Immer schön locker bleiben«, ruft der Alte. »Ja, sehr schön, wunderbar«, raunt er und verknipst in rasendem Tempo mehrere Filme.

Das macht mich nun doch stutzig, schließlich brauche ich bloß vier Aufnahmen.

»Die sind jetzt aber schon für den Personalausweis, oder?«, vergewissere ich mich.

»Ach so«, entfährt es dem Fotografen. Er ist sichtlich überrascht: »Dann gucken Sie bitte einmal rechts an mir vorbei!«

Gold aus der Tube

»Bitte nicht ganz so viel Senf«, mache ich nach fast zwanzig Jahren noch immer denselben Fehler. Ich habe mich an fast alles hier gewöhnt: an die schnippische Feindseligkeit in Ämtern, Geschäften und Lokalen, an den geschlossenen Kotteppich auf den Gehwegen, die boshaften Greise der Berliner Verkehrsbetriebe, das alberne Plusquamperfekt und daran, dass im Laufe der Jahre fast sämtliche Buchhandlungen durch Bordelle ersetzt worden waren. Nur an den »Sömpf« habe ich mich nie gewöhnt.

Senf muss hier so eine Art Nationalheiligtum sein. Man bekommt immer, überall und auf alles Unmengen Senf draufgeklatscht. Möchte man weniger Senf, verletzt man offenbar den Stolz der Einheimischen und kriegt, damit man sich's merkt, noch mehr Senf auf seine winzige Wurst, die sogenannte »Rostbrat«, ein brühig schmeckendes elend dürres Etwas. Besser also, man bittet nicht um weniger Senf. Doch für mich kommt die Einsicht heute mal wieder zu spät.

»So, schitteböhn.« Der Imbiss-Mann überreicht mir einen Senfhaufen, aus dem an einer Seite immerhin noch die Ahnung eines altbackenen Brötchens lugt.

Ich bedanke mich und kann, weil ich das Ding schon in der Hand halte, mir die Provokation nicht verkneifen: »Und – wo ist die Wurst?« Bei diesen Worten springe ich rasch ein paar Meter zurück, denn sonst würde es auf der Stelle Nachschlag geben.

»Is drunter«, sagt er erstaunt. »Wie? War dit nonni jenuch jewesen?« Er greift nach seinem riesigen Senfeimer und schlenzt mit einer Schippe eine Ladung Senf in meine ungefähre Richtung, verfehlt mich aber um Haaresbreite. Dennoch bin ich, so will es das Ritual, bereits nach wenigen Schritten über und über mit Senf besudelt.

Einmal mehr sehe ich mich mit staunender Ohnmacht einer Senforgie ausgesetzt, die jeder Vernunft hohnspricht. Nicht nur mir erscheint diese Barbarei in Gelb als eines der letzten großen ungelösten Rätsel unserer Zeit.

Aber vielleicht kann uns ja die Geschichtsschreibung helfen, mehr Licht in das Verhältnis der Neuköllner zu ihrer Lieblingsspeise zu bringen.

Als im 12. Jahrhundert Schwaben das Land besiedelten, erlernten sie von der slawischen Urbevölkerung den Senfanbau – etwas anderes gedieh nicht im kargen märkischen Sand. Dafür wuchs der Senf umso besser. Man nutzte ihn als Ersatz für Salz, für Zucker und überhaupt als Grundnahrungsmittel. Bald handelte man auch damit und begründete so den späteren Reichtum Preußens. Während Wurst als angeblicher Auslöser der Pest verdammt und zeitweise auf Scheiterhaufen gegrillt wurde, galt Senf rasch als »Gold der Steppe«, »Preußengold« und schließlich als »Gold aus der Tube«. Der Großvater Friedrich Wilhelms des Ersten, des berühmten »Senfkönigs«, holte Hugenotten ins Land, um die eigene Rezeptur mit Dijon-Senf zu verfeinern. Ein zeitgenössischer Stich zeigt den Großen Kurfürsten, wie er, in einer Senfte sitzend, in der Nähe von Senftenberg die brandenburgischen Senfbauern bei der Ernte anfeuert. Aus dieser Zeit stammt wohl auch die beliebte Redensart: »Quatsch keen Senf!«

Mein Spaziergang führt mich am türkischen Friedhof vorbei zum Flughafen Tempelhof. Der gelbe Schleim brennt mittlerweile überall, auf den Händen, in den Augen und sogar im Mund. Er verkleistert die Haare, die Harnröhre und das Trommelfell, doch dafür bin ich schon fast bis zur Wurst durch. An historischem Ort wird jeden Sonntag auf dem von Statt-Reisen organisierten »Senfpfad« an die jüngste Geschichte des Senfs erinnert, die ihm endgültig zu einem Ehrenplatz in den Herzen der Neuköllnerinnen und Neuköllner verhalf – die Senfbrücke 1948/49.

An den heldenhaften Einsatz der alliierten Piloten, die Stadt und Bezirk vierhundertzweiundsechzig Tage lang aus der Luft mit Senf versorgten, erinnert noch die hier ausgestellte C-54 »Senfmaster«, der gute alte Senfbomber. Woher dagegen die irreführende Bezeichnung »Rosinenbomber« stammt, die sich in den allgemeinen Sprachgebrauch eingeschlichen hat, ist unklar. Neider? Fanatische Senffeinde?

Auch die deutsche Nachkriegsgeschichte harrt leider noch immer einer tabulosen Aufbereitung.

Beim Glaser

Im Sommer hatte sich bei einem Gewittersturm die Verglasung meines Badezimmerfensters grußlos verabschiedet. Das war mir anfangs egal, da das Fenster im Sommer ohnehin offen stand. Dann wurde es Herbst. Von Westen her schlugen die ersten schweren Schauer durch den leeren Rahmen herein: Wenn ich duschte, bekam ich einen Vorgeschmack auf den Winter, und wenn ich auf dem Klo saß, duschte ich. Schließlich suchte ich im Branchenverzeichnis einen Glaser in meiner Nähe und rief dort an. Was die Reparatur eines solchen Fensters koste und ob ich es noch am selben Tag vorbeibringen könne?

»Fünfzehn Euro«, sagte der Glaser. »Er kann es vorbeibringen.«

Ein guter Preis, dachte ich, aber wieso »er«? Wer? Ich wunderte mich ein wenig, fand jedoch dann, dass der Glaser sicher nichts dagegen hätte, wenn ich ihm das Fenster auch persönlich brachte.

Der kleine Laden in der Mahlower Straße roch nach Kunst. Viel Kunst, wenig Glas, keine Kunden. Auch der Glaser selbst ließ eine längere Kunstpause verstreichen, bevor er den Kassenraum betrat. Er wusste nicht, dass ich ihn in einem Spiegel im Nebenraum beobachten konnte, wo er untätig hinter der Tür versteckt wartete, wie um sich zu sammeln und sich auf das wichtige Kundengespräch vorzubereiten.

»Tach«, sagte der Glaser und versuchte so auszusehen, als wäre er bis eben mit etwas Bedeutendem beschäftigt gewesen.

»Tach«, sagte ich und zeigte auf das Fenster. »Wir haben vorhin telefoniert. Hier ist es.«

»Wann will er denn, dass es fertig ist?«

»Wer?« Ich sah mich um. Da war keiner. Außer mir. Oder dachte er, dass ich der war, von dem er bereits vorher am Telefon angenommen hatte, dass ich, den er zu Hause auf seinen treuen Knecht wartend wähnte, ihn hierher geschickt hätte? Vermutlich. »Nein, nein«, meinte ich, »ich bin selber gekommen.« Und dann machte ich einen schweren Fehler: »Bis zum Winter ist okay!«

»Kann er mir seinen Namen geben und seine Handynummer?«

Ich begann zu begreifen: »Er« war ich. Ganz schön kompliziert. Auf einer längeren Busfahrt hatten wir mal ein Spiel gespielt, in dem man gewisse Wörter systematisch durch bestimmte andere ersetzen musste. Ich war dabei ganz schön durcheinandergekommen. Testhalber nannte ich Namen und Nummer, und er notierte sie, ohne mit der Wimper zu zucken, auf der Innenseite des Fensterrahmens. Meine Theorie war also richtig gewesen.

»Noch mal wegen dem Preis«, sagte ich und vermied vorsichtshalber die direkte Anrede. »Am Telefon hieß es fünfzehn Euro …«

»Das ist aber ziemlich billig«, wunderte sich der Meister. »Hat er das gesagt …?« Einen Angestellten sah ich nicht, und ich war obendrein sicher, seine Stimme wiederzuerkennen. »Er« war also nicht nur ich, also aus seiner Sicht »du« oder »Sie«, sondern »er« war offenkundig obendrein er, also von seiner

Warte aus »ich«. Bei dem Spiel auf der Busfahrt war es nur um einen semantischen Einfachtausch gegangen, hier handelte es sich jedoch um eine Art Ringtausch – das war viel schwieriger. »Na, wenn er das gesagt hat, dann kann er aber keine Rechnung haben.«

Erstmals hatten wir zwei verschiedene »er« in einem Satz. Wiederum von seinem Standpunkt aus gesehen, hätten die beiden Sätze folglich diese Bedeutungen haben können:

1. »Na, wenn ich das gesagt habe, dann kann ich aber keine Rechnung haben.«

2. »Na, wenn Sie das gesagt haben, dann können Sie aber keine Rechnung haben.«

3. »Na, wenn Sie das gesagt haben, dann kann ich aber keine Rechnung haben.«

4. »Na, wenn ich das gesagt habe, dann können Sie aber keine Rechnung haben.«

Ich tippte auf die letzte Version – alle anderen schienen mir keinen Sinn zu ergeben. »Dann machen wir das eben so«, sagte ich, »kein Problem.« Ich hatte ins Schwarze getroffen, denn mit den Worten »Ich rufe ihn an« schloss er seine Schattenwirtschaft.

Zu Hause wartete ich. Tage, Wochen, Monate. In der ersten Euphorie über den guten Preis hatte ich auch die anderen Fenster in der Wohnung zerschlagen, ausgebaut und in die Mahlower Straße gebracht. Nun war es kalt.

Eines Tages im Supermarkt traf ich den Glaser zufällig wieder. Wir begrüßten uns wie alte Freunde: »Wie geht es ihm?«, wollte er wissen.

Mir gehe es blendend, dankte ich für die Nachfrage, erkundigte mich dann aber doch unter Hinweis auf den einsetzenden Schneefall nach dem Fortschritt der Arbeiten. Und jetzt sei doch wohl Winter.

»Er hat nicht gesagt, vor *welchem* Winter«, bremste mich der Glaser aus. »Das braucht seine Zeit – er ist schließlich Künstler.«

Woher wusste er das? Oder meinte er sich selbst?

Der Winter wurde hart, sehr hart. Und zwar dieser Winter. Im Bad nistete sich ein Schneehuhnpärchen ein und begann zu brüten. In eisigen Januarnächten versuchte ich mit aufgedrehter Heizung gegen den strengen Frost anzukämpfen, bis die Rohre unter dem Temperaturunterschied barsten. Bizarre Eisformationen überzogen die Wände und verzierten Kopfkissen und Bettdecke. Endlich wurde es Frühling. Das Eis brach, die Schneeglöckchen reckten ihre weißen Köpfchen aus dem Firn, und die Schneehühner zogen schreiend nach Norden weiter. Ich taute auf, erinnerte mich an den Glaser und besuchte ihn in seinem Laden.

Er schien mich erwartet zu haben. »Er muss ihm etwas sagen«, raunte er geheimnisvoll. »Er ist eigentlich gar kein Glaser, sondern ausschließlich Künstler. Er hat das Geschäft nur aus Familientradition. Er hat ihn gegen seinen Willen gezwungen …«

Da ich ihn nicht gezwungen hatte und er sich selbst gewiss auch nicht, war »er« in diesem Fall weder er noch ich, sondern ein Dritter, ein echter »er«.

»Und vor ihm hat er ihn gezwungen und davor er ihn.« Wenn ich mir alles richtig zusammenreimte, war er sein Vater, sein Großvater und sein Urgroßvater. Beim Gedanken an die ungefähr zehn hoch vierundzwanzig zusätzlichen Optionen, die sich daraus für den Satz »Na, wenn er das gesagt hat, dann kann er aber keine Rechnung haben« ergaben, wurde mir so schwindlig, dass ich mich setzen musste. Was das denn für meine Fenster bedeute, wollte ich wissen, wer kümmere sich dann um die?

»Er muss ihm etwas zeigen«, verkündete der Glaser feierlich und zog mich mit sanfter Gewalt vom Schemel hoch und in den Hof. Was ich dort sah, raubte mir fast den Atem: Eine gewaltige Installation füllte den gesamten Innenhof aus. Fensterrahmen auf Fensterrahmen waren, komplett ineinander verkeilt, zu einer riesigen Pyramide aufgeschichtet worden. Ein Beamer warf rotierende Lichtspiralen auf das Kunstwerk, so dass es aussah, als ob die Rahmen tanzten.

»Na, was sagt er nun?«, fragte der Glaser stolz. »Wie findet er das?«

»Geht so«, murmelte ich.

Ich kann solche Dinge aber auch nie so richtig beurteilen.

Lärmbelästigung

Wie verhalten sich normale Leute? Eine heikle Kategorisierung übrigens: *normale* Leute – riecht verdammt nach Schubladendenken. Normalerweise sollte man Menschen nicht auf diese Art bezeichnen. Meine Nachbarn sind aber nicht normal. Dafür gibt es handfeste Beweise.

Zum Vergleich: Was machen denn normale Leute, wenn sie nach der Arbeit nach Hause kommen? Normale Leute sind dann müde. Sie schleppen sich mit oder ohne Einkauf die Treppen hoch und schließen mit letzter Kraft die Tür auf. Das müsste erst recht für meine Nachbarn gelten, denn die wohnen über mir im Dachgeschoss, also im fünften Stock. Die normalen Leute ziehen also ihre Schuhe aus, um nicht die Wohnung schmutzig zu machen, und schlüpfen anschließend in ihre bereitgestellten Schlappen. Nun schlurfen die normalen Leute in die Küche, stellen den Einkauf ab, machen sich Tee. Mit dem Tee begeben sie sich in die Stube und legen sich dort aufs Sofa. Und dann sind sie erst mal eine ganze Weile schön still.

Ganz anders meine Nachbarn. Im Treppenhaus höre ich sie noch nicht, denn sie sind offenbar mit sehr leichtem Schuhwerk, womöglich gar Pantoffeln, unterwegs. Vielleicht arbeiten sie in einem Nervensanatorium oder in einer Nitroglycerin-Fabrik, wo größte Behutsamkeit vonnöten ist. Da möchte man nach Feierabend natürlich gerne mal die Sau rauslassen.

Zuerst kommt Vater Nachbar nach Hause. Sobald die Tür hinter ihm ins Schloss gefallen ist, zieht er die Puschen aus. Dann zieht er – so muss es sein, es kann gar nicht anders sein – seine schweren, eigens zu diesem Zweck gefertigten eisenbeschlagenen Stiefel an. Und dann springt er. Er springt stundenlang auf derselben Stelle. Wumm! Wumm!! Wumm!!! Er muss eine irrsinnige Kondition haben. Bevor die Trampelnachbarn eingezogen sind, haben sie sich für den besseren Hall übrigens eigens Parkettboden aus hohlen Harthölzern verlegen lassen. Dann kommt Mutter Nachbarin nach Hause. Sie pfeffert den Einkauf, der allein aus großen Konservendosen zu bestehen scheint, mit lautem Krachen in die Küche. Vater Nachbar ist so lieb, dass er ihr die monströsen Skischuhe, die sie zu Hause am liebsten trägt, schon mal in den Flur hinauswirft. Dort zieht sie diese rasch an, bevor sie sich zu ihrem Gatten gesellt und ebenfalls zu hüpfen beginnt. Auf und nieder, immer wieder: Wumm, wumm! Wumm, wumm!! Wumm, wumm!!! Nur manchmal unterbrechen sie kurz die Übungen, um die Wände mit einem Schlagbohrer aufzureißen oder sämtliche Möbel umzustellen, wobei sie sich speziell beim Standort der Waschmaschine äußerst schwer entscheiden können.

Später kommt der halbwüchsige Sohn vom Fallschirmspringertraining nach Hause. Die Stiefel lässt er einfach an: Wumm, wumm, wumm! Wumm, wumm, wumm!! Wumm, wumm, wumm!!! Währenddessen rollt die Familienkatze spielerisch Bleikugeln über die Dielen. Seltsamerweise hört man die Trampler nie miteinander schreien. Vielleicht unterhalten sie sich ja mit einer Art Trampelcode, der ähnlich einem Morsealphabet funktioniert, über Dezibelschwankungen, Bodenschwingungen oder verschiedene Sprungfiguren analog zum Tanz der Bienen. Dafür brülle ich manchmal so flehentlich wie zwecklos um Ruhe. Umgekehrt kommunizieren sie mit mir mittels mäandernder kleiner Risse an meiner Zimmerdecke.

Im Sommer war es mal relativ still. Statt lautem Wummwummwumm hörte man nur leise: klack ... klack ... klack. Von meinem Schreibtisch aus beobachtete ich, die Fenster des Vorderhauses als Sichtspiegel nutzend, wie der Trampelsohn in Gesellschaft mehrerer Kumpane die Vögel auf den umliegenden Dächern beschoss. Das Geräusch stammte von einer Luftpistole. Warum er nicht, wie es sich bei jener Familie geziemt hätte, mit einer Kanone auf Spatzen schoss, bleibt mir ein Rätsel. Vielleicht ist er ja einfach noch zu normal.

Rauchen im Herbst

Ich blicke über die Straße auf den Balkon des Hauses gegenüber: Im dritten Stock sitzt ein Opa auf dem Balkon und raucht. Ganz still sitzt er da, nur im Hemd, und bewegt sich nicht, obwohl ein kühler Wind geht. Es ist Herbst.

Die Oma hat ihn wohl nach draußen geschickt zum Rauchen. Er soll ihr nicht in der guten Stube die guten Bezüge durchs Quarzen vergilben, die guten Tapeten und die guten Gardinen. Nicht zu vergessen die gute Butter. Die schmeckt ihr nicht, wenn der Opa danebensitzt und raucht, hat sie gesagt, und ihn rausgesetzt. Auf den Balkon. In den Sturm. In die Kälte. In den Tod.

Es gibt so viele böse Omas heutzutage – die meisten halten dem Druck nicht stand, gleichzeitig eine gute Oma zu sein und ständig die Renten gekürzt zu kriegen. Da kann man schon mal ausrasten. Kürzlich titelte eine Boulevardzeitung: »Oma sticht Opa ab – wegen Heinz Rühmann«, und zwar mit achtundvierzig Messerstichen, wie der Unterzeile zu entnehmen war. Weiter kam ich nicht. Wollte ich auch nicht – zu viel Vorverurteilung spricht allein aus der Überschrift. Schließlich hätte es ebenso gut ein Versehen sein können: Beide gucken fern, von mir aus Heinz Rühmann. Sie schält Kartoffeln, und plötzlich quäkt in der Glotze Rühmann los, in seinem unnachahmlichen Tonfall irgendwo zwischen Ente und Feldwebel.

Oma erschrickt, rutscht mit dem Messer ab, sticht den Opa und gerät dadurch so in Panik, dass sie bei dem gutgemeinten Versuch, ihn nicht mehr zu stechen, ihn versehentlich immer öfter sticht, insgesamt achtundvierzigmal. So etwas gibt es in der Tat: Das Gehirn blockiert, da kann man nichts machen. Schließlich kennt man solche Beispiele auch aus der seriösen Presse: Ein Rentner legt versehentlich den Rückwärtsgang ein, drückt seine Frau an die Garagenwand und gibt, statt zu bremsen, völlig verzweifelt Vollgas, immer weiter Vollgas. Auch hier blockiert das Gehirn, selbst wenn, wie bei der Oma mit dem Messer, unterschwellige Motive durchaus eine bescheidene Nebenrolle gespielt haben mögen – das will ich in diesem Fall nicht von vornherein ausschließen.

Immerhin kenne ich solche Aussetzer trotz vergleichsweise junger Jahre ja schon von mir selber: Da will ich eigentlich kein weiteres Bier mehr trinken und bestelle mir dann doch noch eins, und noch eins, insgesamt achtundvierzig Biere. Das Gehirn blockiert – überdies wollte ich womöglich unbewusst gar nicht nach Hause –, und am nächsten Tag ist das Geschrei natürlich wieder groß. Oder ein anderes Beispiel: Ich fahre mit siebzig Stundenkilometern auf eine weit entfernte Blitzampel zu. Die Ampel zeigt Grün, aber irgendwann wird sie umschalten, und ich brauche eine gewisse Strecke, sonst werde ich bei dieser Geschwindigkeit nicht mehr rechtzeitig bremsen können. Das weiß ich genau, doch auf einmal ist der Kopf ganz leer. Ich sehe nur noch die Ampel, ohne irgendwas zu denken, und rase mit einem pelzigen Gefühl im Hirn automatisch weiter. Ob ich am Ende bei Rot oder bei Grün durchfahre, ist dann nur noch reiner Zufall.

Die Oma hat den Opa schließlich auf den Balkon geschleppt und dort auf einen Stuhl gefesselt, damit er nicht herunterfällt. So hat sie Zeit zum Überlegen, so hält er sich länger frisch. Die Nachbarn ahnen ja nichts. Vielleicht winken sie ihm sogar zu und wundern sich, dass der Opa nicht zurückwinkt. »Migräne wird er haben«, raten sie dann ins Blaue, »oder: Hertha hat verloren.«

Als er ordentlich ausgeblutet ist, zündet ihn die Oma an. Nun raucht er. Es ist Herbst.

Drachenkampf

Die Hasenheide lockt mit leichtem Herbstwind und mit Sonnenschein: ideales Drachenwetter. Kinder sind draußen mit ihren Drachen und mit ihnen erwachsene Männer. Drachen steigen lassen ist Männersache.

Die meisten Männer interessieren sich nicht besonders für die Kinder, sondern mehr für ihren Auftrag: Die Drachen müssen rauf, so schnell wie möglich, so hoch wie möglich, und stolz flattern im Wind. Da stören die Kinder im Grunde nur.

Ich mache zwei Gruppen aus und damit zwei Erziehungsstile: links von mir ein leicht schwankender Opa mit zwei Jungs und rechts eine Art Erzieher mit einer gemischten Gruppe aus Jungen und Mädchen. »Nee, weg! Scheiße!«, fährt der Opa den Jungen an, der den Drachen am Boden hält. »Tempo!« Der Knabe rennt mit dem Drachen in der Hand, so schnell er kann, seine stille Verzweiflung ist weithin zu spüren. »Mach doch«, brüllt der Opa. »Scheiße, so wird das nie was!« Seine Stimme klingt schleppend. Der andere Junge kauert startbereit am Boden. Er wird einspringen, wenn sein Bruder nicht mehr kann, und dann wird er garantiert sein Bestes geben.

Eine ganz andere Linie fährt da die zweite Gruppe. Ich schnappe Sätze auf, die alle im klassischen Versteherton gehalten sind: »Genau, Michael, sehr gut machst du das«, höre ich. »Wunderbar, Lisa, ganz klasse!« Dabei haben Michael und Lisa überhaupt noch nichts geleistet. Der Drachen liegt am Boden, während die Kinder lachend und unkonzentriert um ihn herumspringen. Keiner ist da, der ihnen mit der angebrachten Konsequenz erklärt, dass sie damit das Gelingen der gesamten Aktion in Frage stellen. Ich tu's auf jeden Fall nicht, es ist kaum meine Aufgabe, nach den Versäumnissen anderer die Kastanien aus dem Feuer zu holen. Diese verständnisvolle Tour ist wirklich das reinste Gift, das habe ich auch meiner Schwester schon tausendmal gesagt: Diese butterweiche Hallobittedanke-Scheiße bringt meine Nichten keinen Schritt weiter. Wenn die später aus ihrem Wolkenkuckucksheim arglos auf die Straße treten und mit der harten Realität konfrontiert werden, folgt garantiert ein böses Erwachen.

»Flossen weg, verdammt, Flossen weg«, schreit es von links, der Drachen hebt sich kurz in die Lüfte und knallt gleich darauf direkt neben einer erschrockenen Radfahrerin zu Boden. Grimmig stiert sie der Opa an: Was hat sie hier zu suchen? Hier ist Drachenflugzone. Absolutes Sperrgebiet! Sie stört die Kämpfer, die Kinder, in ihrer bedingungslosen Konzentration.

»Los jetzt, noch mal!«, kommandiert er. »Wie kann man nur so 'n Scheiß verkaufen«, brummelt er in gerechtem Zorn in sich hinein. Der Drachen ist offenbar nicht gut: minderwertiges Material. Opa flucht. Mit der Kurbel hält er auch die Verantwortung in seinem Fliegerhorst. Das Kind rennt mit dem Drachen, es lässt ihn los, fällt und bleibt erschöpft am Boden liegen, während der Drachen in die Lüfte steigt. Opa jubelt: Er hat es geschafft! Gerührt blickt er seinem Drachen hinterher.

Die Waldorfheinis sind dagegen immer noch am Streicheln und haben natürlich nichts gerissen. Ihnen fehlt der letzte Biss, der unbedingte Wille zum Erfolg. Die Mitnahmementalität feiert mal wieder fröhliche Urständ. »Und dann musst du stehen bleiben, Thomas«, säuselt der Verzieher. »Sehr gut!« Aber nichts ist gut: Der Drachen bleibt am Boden, ein Symbol auch für die Wirtschaft, gerade jetzt. Wir müssen an allen Fronten kämpfen, es ist dies nicht die Stunde der Solidarität mit den Schwächeren. Demokratie ist schön und gut – in besseren Zeiten ein eitles Spiel für senile Sozialromantiker, linke Luftikusse und fette Philosophen. Dem Leistungsgedanken aber schaufelt sie sein tiefes Grab, hier, mitten in der Hasenheide.

Fünf kleine Italiener

Weinselig strebe ich der Heimstatt zu. Es ist halb drei Uhr morgens, eine fromme Zeit: Kaum ein Mensch ist auf der Straße, selbst die Dealer sind zu Bett gegangen und träumen von einer redlichen Anstellung in der Kinderzimmerabteilung eines namhaften Möbelhauses. Allenfalls huscht ein Zuckerbäcker auf dem Weg zur Arbeit vorbei, tollt ein Straßenräuber schwer beladen über die Fahrbahn, beginnt ein Lungerer an der Straßenecke seine lange Schicht. In meinem Zustand verzögert sich das Aufschließen der Haustür, und ehe ich mich's versehe, stehen sie vor mir: laut, fröhlich, wach. Fünf kleine Italiener zwischen sechzehn und achtzehn – zwei Mädchen, drei Jungs.

»Entschuldige Sie«, sprechen sie mich an. »Hiere musse seine eine Parke. Wisse Sie, wo isse?«

Sofort fällt bei mir die Lira: Die meinen die Hasenheide!

»Da geht's lang«, weise ich ihnen den Weg. »Aber die haben längst Feierabend. Basta, finito, monte casino«, lasse ich nun auch den Polyglotten raushängen.

»Di'e Schwarzene?«

Wir verstehen uns.

»Genau, die Schwarzen. Glaubt ihr, die stehen da die ganze Nacht im Dunkeln und warten auf Kunden? Die kommen erst morgen wieder, so ab zehn.«

Sie scheinen enttäuscht. »Wasse wire denne jetze makke?«

Ich überlege fieberhaft: Wo könnte man sie um diese Zeit und in dieser Gegend am besten hinschicken? Was mir auch in den Sinn kommt, es gefällt mir nicht: Die eine Kneipe zu unsicher, die andere zu weit weg, in der dritten nur Betrüger. Auf merkwürdige Weise fühle ich mich für die jungen Leute verantwortlich.

Die plötzlich zu drängeln anfangen: »Wire nikte so viele Zeite. Wire mussene inne Hotele. Unsere Lehrerine warte.«

Nein, sind die süß! Da wird mein Herz so richtig weich.

»Wartet hier drei Minuten«, beruhige ich sie. »Ich sehe mal oben nach, ob der Onkel da was machen kann.«

Ich schließe die Haustür auf, trage mein Fahrrad die Treppe hoch und in die Wohnung. Dann suche ich – und werde in der Küchenschublade schnell fündig. Da ist es, das Corpus Delicti: ein uraltes verstaubtes Klötzchen Rauschgift!

Ich wusste doch, dass ich es behalten habe – quasi als mahnendes Symbol, dass so etwas auf meinem Boden nie wieder passieren darf. So befallen mich immer, wenn ich es sehe, Scham und Bedauern: Ja, ich habe früher Rauschgift zu mir genommen. Bin zu schnell gefahren, habe gelogen, gehurt und getrunken. Gut, getrunken habe ich heute Abend auch was, ausnahmsweise, um die Erkenntnis aufzufrischen, warum man das nicht tut. Ich war ein schauderhaft verderbter Teufelsbraten, doch heute bin ich gut.

Vom Miniklumpen schneide ich ein winziges Stück ab und stecke es in ein zufällig herumliegendes Portionstütchen. Intuitiv lasse ich noch zwei Mandarinen in meine Jackentasche gleiten und drei Mon Chéri.

Bei den Pralinen stutze ich: Dürfen die denn schon Alkohol konsumieren? Ach was, ist doch Klassenfahrt, da kann man auch mal fünfe gerade sein lassen, fünf kleine Italiener, was? Mein Gott, sind die putzig! Gerade erst ist Halloween vorüber, und nun ist fast schon wieder Nikolaus.

Unten auf der Straße hole ich das Tütchen heraus. »Zehn Euro.«

Sie sind entsetzt.

»Zehn Euro!«, bekräftige ich. Das sind nun mal die Preise, zumindest meine. Nachtzuschlag, Treppengeld, Auslandszulage.

»Bitte, komme Si'e – dasse isse zu viele, wire sinde Schulere!«

Ich weiß. Aber wieso eigentlich »Si'e«? Wirke ich so seriös? Momentan bin ich wahrscheinlich der unseriöseste Mensch der Welt: Mitten in der Nacht komme ich mit meinem neuen Fahrrad, das ich nur gekauft habe, weil ich vergessen hatte, wo das alte abgestellt war, randvoll mit Chianti durch die halbe Stadt geschlingert, um vor meiner eigenen Haustür Drogen an Kinder zu verkaufen. Ach Chianti, ach Italien! Gerne denke ich daran zurück, wie viel Gastfreundschaft ich dort erst kürzlich erfahren durfte. Ich hole Mandarinen und Mon Chéri aus der Tasche. »Hier, meine Lieben. Die sind für euch.«

Sie verzichten. Die Diskussion wird lauter. Meine Nachbarn wundern sich bestimmt. Eines der Mädchen lässt hastige Sentenzen vom Stapel, die vornehmlich das Wort »cazzo« enthalten.

»Vorsicht«, stoppe ich sie mit dem Bremsklotz der Lüge, »ich versteh ziemlich viel von dem Scheiß!«

»Bitte, schnelle – unsere Lehrerine ...«

»Ich glaube, ich verhandle sowieso besser mit eurer Lehrerin.« Ich verliere langsam die Geduld.

Das wirkt.

»Hiere«, steckt mir einer der Jungen hastig den Geldschein zu. Nun möchten sie obendrein noch Blättchen von mir. Ich habe keine, ich rauche nicht – auch diese schlimme Zeit ist lange vorbei. Stattdessen schicke ich sie zur Tanke, Ecke Sonnenallee. Lärmend verschwinden sie über den Herrmannplatz: Zwei Mädchen, drei Jungs – meine fünf kleinen Italiener.

Unterwegs mit der U 8

Ich fahre kaum noch mit der U-Bahn. Soweit ich mich erinnere, wimmelt es dort von Verrückten. Meine alte Hauslinie U8, die von Neukölln über Kreuzberg und Mitte in den Wedding führt, ist die Königin unter den Beklopptentransporten dieser Welt. Allenfalls der legendäre »Marsch der zehntausend Tollwütigen auf Damaskus« (521 v. Chr.) reichen ihr annähernd das Wasser. Im Streckenverlauf der U8 findet ein sukzessiver Austausch der Verrückten statt.

In Neukölln steigen zunächst wenige, dafür aber Schwerstverrückte ein – Qualität vor Quantität. Im gemäßigteren Kreuzberg steigen diese wieder aus oder mischen sich mit der Masse zusteigender Mittelverrückter. Vor dem Erreichen von Berlin-Mitte jedoch verlassen dann alle, wie auf ein geheimes Kommando hin, den Zug, denn vor diesem jungdynamischen Ortsteil haben die Verrückten offenbar ungeheure Angst. Sie werden ersetzt durch Leichtverrückte, die ihrerseits auf Weddinger Gebiet (dem Partnerbezirk Neuköllns im Norden) fluchtartig einer frischen Kolonne Schwerverrückter weichen. Ich fahre meistens mit dem Rad.

Heute ist es mir jedoch zu kalt. An der Station Leinestraße steige ich in die U8, und mit mir zusammen ein hochgewachsener Typ. Bei Minusgraden läuft er im Hemd herum, und an seiner Stimme erkenne ich ihn wieder: Vor wenigen Minuten noch stand er mitten auf der Hermannstraße und versuchte eine offenbar befeindete Häuserzeile einzuschüchtern. Jetzt, in der U-Bahn, schreit die Stimme etwas anderes: »Mir juckt so der After, hoho, Mann. Wahnsinn, wie der juckt!«

Wie um den Wahrheitsgehalt seiner Aussage zu unterstreichen, kratzt er sich schwungvoll ausholend am Hintern und krakeelt dabei in einem fort weiter: »Das juckt so, das gibt's nicht, mir brennt vielleicht der Arsch, das gibt's echt nicht, boh ey. Hoho, mir juckt dermaßen der After, hohoho, ich halt das nicht mehr aus!« Trotz der überraschend manierierten Ausdrucksweise (»After«) halten es die meisten Passagiere nicht aus und verlassen an der nächsten Station den Wagen. Außer mir bleibt nur ein junger Mann zurück. In seinem schmallippigen Lächeln spiegelt sich eine Mischung aus Belustigung und Furcht wider: Ähnlich zwiespältig stelle ich mir die Mimik vor, wenn während eines Flugzeugabsturzes ein besonders spaßiges Bordvideo läuft.

Der Verrückte wirft sich rücklings auf eine Sitzbank, streckt zappelnd die Füße in die Luft und wetzt, schabt und schubbert seinen Hintern, der in einer blitzsauberen weißen Hose steckt, am Bezug wie eine Sau in der Suhle. »Ah, ist das gut«, jodelt er, »ah, hoho – ich komme, ich komme!« Am Hermannplatz wechsle auch ich das Abteil.

Neben mir sitzt gleich schon der nächste Verrückte. Er hat die Beine extrem weit gespreizt und belegt auf diese Weise mindestens anderthalb Sitzplätze. Zuerst denke ich, dass er gewiss Platz machen wird, sobald ich mich neben ihn setze. Doch der sympathische Soziopath hütet ein märchenhaftes Geheimnis: Wenn er nicht bei jeder Bahnfahrt akkurat in dieser Position sitzen bleibt, wird ihm wie bei einer Eidechse auf der Stelle der Schwanz abfallen und er für siebenhundertunddreizehn Jahre von seinem Rudel verstoßen. Davon abgesehen kann er sich aus dieser vorteilhaften Grundstellung heraus jederzeit an den Schritt fassen sowie bequem auf den Boden spucken, ohne die eigene Hose zu treffen – alles eminent wichtige Ausdrücke der eigenen Selbstverwirklichung.

Ich quetsche mich still neben den in Schieflage geratenen Hormonhaushalt. Vielleicht sollte ich anfangen zu brüllen: »Boh ey, mein After juckt ja so, hoho.« Auch eine simple Beschwerde würde womöglich nützen. Aber ich sage nichts, weil ich denke, dass ich auf diese Weise Streit vermeide und er bis Mitte ohnehin verschwindet, denn ab dort befände er sich in größter Gefahr: Es könnte nämlich passieren, dass er dort auf einen Schlag nett wird. Und wenn er nett wird, dann muss er tausend mal tausend Jahre warten, bis ihn ein Werwolf mit Zunge küsst oder ein Müllauto an einem Kreuzweg von links überfährt. Erst dann wird er endlich wieder richtig scheiße sein, erst dann ist er erlöst.

Tatsächlich verlässt er noch in Kreuzberg den Zug.

Korrekt betteln

Vor Karstadt schält sich ein junges Paar aus der anonymen Schar der Bittsteller und steuert direkt auf mich zu. Während sie mit beiden Händen stumm die Jackentaschen ausbeult, bettelt er mich an: Seine Freundin sei schwanger, sie hätten kein Geld mehr und wollten deshalb Verwandte in Polen anrufen, wofür sie wiederum Geld benötigten. Zuvor müsse seine Freundin noch unbedingt etwas essen, weil sie doch schwanger sei – und wie zur Bekräftigung beult die dürre Göre ihre Taschen noch weiter aus.

Aha, interessante Geschichte. Doch wozu dieser durchschaubare Plot, der obendrein voller logischer Brüche steckt? Denn seit wann, bitte schön, werden unverheiratete Polen schwanger? Das ist doch Drehbuchkurs Volkshochschule, erstes Semester. Um mir die Flucht zu erleichtern, gebe ich ihm dennoch einen Euro.

Huhn mit Nudeln kostet beim China-Imbiss aber drei Euro, sagt er frech.

Ich bin perplex: Sind die Bettler neuerdings allesamt verrückt geworden? Zum einen extrem unhöflich, erfinden sie zum anderen durch die Bank die haarsträubendsten Ausreden. Kaum eine Bettelei geht heute noch schnell und unbürokratisch vonstatten. Stattdessen leiert jeder ein achthundertseitiges Märchenbuch herunter – unerträglich hölzern, aber Hauptsache ellenlang: Er, der Bettler, entstamme eigentlich einem fernen Königsgeschlecht, befinde sich auf der Suche nach der verlorengegangenen Prinzessin (natürlich schwanger), sei dabei von einem Kobold unfreiwillig in eine Zeitmaschine gestopft und auf dem Hermannplatze wieder ausgespuckt worden. Dort sei man zunächst durch harte und ehrliche Arbeit zu Geld gekommen, in einem ungünstigen Moment jedoch urplötzlich von einer garstigen Hexe in einen armen Polen/Motzverkäufer/Punker verwandelt worden. Und auf der Suche nach einem Anwalt sei man schließlich nachts in der Hasenheide von einem bösen Wolf angefallen worden, der einem auch noch das letzte Geld aus der Tasche gerissen habe.

Mir ist völlig egal, wofür die Bettler das Geld verwenden. Das geht mich ohnehin nichts an. Nur höflich sollte der Bittsteller sein. Und zwar am besten so:

»Bitte, danke, guten Tag. Ich bin nicht bereit, mich dem Diktat der Lohnarbeit zu unterwerfen und nehme dafür bewusst erhebliche Unannehmlichkeiten in Kauf, wie zum Beispiel Kälte, Obdachlosigkeit, mangelnde medizinische Versorgung und, nicht zu vergessen, die Demütigung, die mir Situationen wie diese bereiten: Sie sehen ja, welche Überwindung es mich auch in diesem Moment kostet, jemanden wie Sie anzubetteln, einen korrupten Opportunisten, der aus feiger Bequemlichkeit fahrlässig weiter am Rad der Ausbeutung dreht, auf das er doch im Grunde selbst geflochten ist, also einen, ich sag's mal kurz, Arsch, und dabei auch noch höflich zu bleiben: Bitte, danke, guten Tag. Sie sehen sicher ein, dass es Sie geradezu zwangsläufig einen geringen Obolus kosten muss, verzichte ich doch nicht zuletzt zu Ihren Gunsten freiwillig auf eine unterbezahlte Fronarbeit und vergrößere somit Ihre Chancen auf eine solche, die Sie in Ihrer kurzsichtigen politischen Indifferenz ja unbedingt haben wollen. ›Pfui Teufel‹, müsste ich eigentlich sagen, aber stattdessen sage ich: ›Bitte, danke, guten Tag‹. Das sollte Ihnen schon einen Euro wert sein – erstens, um kraft dieses billigen Ablasshandels Ihr Gewissen zu beruhigen, und zweitens, um mir nur einen Bruchteil der Annehmlichkeiten zu ermöglichen, die Sie hier unverdient und nicht zuletzt durch mein passives Zutun genießen und die schließlich auch mir als Mitmensch zustehen. Übrigens durchaus auch in Form von Alkohol oder Drogen – irgendwie muss ich ja verdrängen, was hier für Charakterwracks herumlaufen, und wofür ich mein Geld verwende, geht sowieso niemanden etwas an, zuallerletzt Sie. Bitte, danke, guten Tag!«

Also, wenn schon eine ausführliche Begründung, dann würde ich gerne so eine hören. Noch lieber wäre mir allerdings das gute alte: »Haste mal 'nen Euro?«

Shoppen in Neukölln

Grau ist der Himmel und grau die Stimmung. Es ist Winter. Der alles dominierende Farbton liefert dem Neuköllner einen feinen Vorwand, um endlich eine reifere Phase des Alkoholkonsums einzuläuten. Fort mit dem banalen Bier und auf zu des Trinkers edelster Kür: Komm her, süßer Schnaps, und schmiege dich wärmend in Magen und Seele, schenke mir Vergessen und schönes Wetter von innen! Besoffensein ist Urlaub im Kopf! Endlich: Die Grogsaison ist da!

Aldi in der Hermannstraße, Ecke Okerstraße. Vor der Spritgalerie sondiere ich das Sortiment. Es gibt zwei Sorten Rum: Übelverschnitt mit vierzig Volt und Übelstverschnitt mit vierundfünfzig. Zwar besticht Letzterer auf Anhieb durch seine ökonomische Effizienz, doch es kommt auch auf den Kostenpunkt an. X ist gleich Preis durch Menge mal Wirkungsgrad – das lernen die Schüler hier an der Hauptschule als Erstes. Auf den gelben Preistafeln an der Wand über den Flaschen findet sich dagegen neben dem Endpreis lediglich der Betrag je Liter und nirgends eine faire Kalkulation anhand des tatsächlichen Leistungsvermögens der Ware.

Was für ein Schwachsinn! Halb erbost, halb belustigt schüttle ich den Kopf. Das können die von mir aus mit Mehl machen! Mit Mehl können sie alles machen: Plätzchen backen, hineinspringen und wie ein Maulwurf darin herumwühlen, die Tüten bis oben hin mit

Kilopreisen, Halbwertszeiten und Gesundheitshinweisen auszeichnen. Aber doch nicht mit Rum! Wenn ich als Kunde eine Pulle stark drehender Beklopptsoße kaufen möchte, dann interessiert mich selbstredend der Preis pro einhundert Umdrehungen und sonst nichts. Alle anderen Informationen gehen doch weit an den Bedürfnissen von mir als Kunden vorbei. Da frage ich mich schon, ob diese Leute überhaupt noch in der Lage sind, der hohen Verantwortung, die sie für mich als Kunden tragen, auch nur halbwegs gerecht zu werden.

Die Flasche fühlt sich gut an in meiner Tasche. Meine Wahl ist auf den Höherprozentigen gefallen. Mangels verwertbarer Informationen habe ich einfach mein Herz entscheiden lassen: Ich denke an zukünftige Morgenstunden, an denen ich von der Arbeit nach Hause radle, halberfroren und frustriert, und zu Hause wartet ein dampfender Becher Glücksgetränk. Zwei Drittel Wasser, ein Drittel Rum und Zucker, bis der Löffel drin stecken bleibt.

Im Drogerieladen angekommen, erlebe ich eine freudige Überraschung. Im Regal für Heilmittel entdecke ich eine Schachtel mit der Aufschrift »Leberschutzdragees«. Davon immer eine davor und eine danach, und ich kann endlos so weitermachen. Saufen, saufen, saufen und nicht an das Leben denken. Draußen herrscht Winter und in mir nichts als Sonnenschein, tirili. Für weitere Nebenwirkungen findet sich immer eine Lösung. Gehirnzellen? Von denen habe ich für meinen Geschmack sowieso zu viele. Meine Schlauheit geht mir schon lange auf die Nerven. Immer weiß ich alles besser, sogar als ich selber: Tu dies, tu das, tu dies nicht, tu das nicht, sauf nicht so viel – damit ist jetzt Gott sei Dank bald Schluss. Sozialer Abstieg? Ja, wohin denn? Die Liebste läuft mir weg? Die neue hält dafür zu mir – vierundfünfzigprozentig. Und dann gibt es da ja noch den kleinen Puff in unserer Straße, stilecht und für die kurze Übergangszeit, bis man sich am Ende auch noch die Eier weggesoffen hat.

Den dritten Eckpunkt eines gleichschenkligen Bermudadreiecks aus Billigbordell und Aldi bildet eine neu eröffnete Kneipe: Wo vorher das *Nashville* drin war, buhlt nun das *Bullshit* mit Discountangeboten um meinesgleichen. Oder heißt es *der* Bullshit? Aber nicht nur Alk steht auf der Karte; es gibt auch »Speisen«, darunter eine eigene Rubrik, »Div. Salate«, die aus einem einzigen Posten, nämlich Kartoffelsalat, besteht.

Damit der Magen weiß, was er hinterher erbrechen soll.

Auf dem Weihnachtsmarkt

Von nur wenigen Straßenfesten unterbrochen (wie dem Hermannstraßenfest, dem Karl-Marx-Straßenfest, dem Weisestraßenfest, dem Reuterstraßenfest, dem Schillerpromenadenfest und der »Singenden klingenden Sonnenallee«), haben die Neuköllner ein volles Jahr lang in stummer Verzweiflung zu Hause vor sich hin gebrütet, und nur eine einzige Hoffnung erhielt in jener Schreckenszeit den Glauben an das Leben aufrecht. Jetzt, am zweiten Dezemberwochenende, ist es endlich wieder so weit: Es ist wieder Rixdorfer Weihnachtsmarkt.

Urgemütlich ist dieser Markt. Nach einem ersten rasch hinuntergestürzten Jagertee boxen wir uns besinnlich grölend durch die dichte Menge. Es gilt, die besten und billigsten Glühweinstände zu finden, wer mehr als einen Euro zahlt, ist selber schuld. Die mit viel Liebe selbstgepanschten Sorten tragen phantasievolle Namen wie »Hartz 4« oder »Hartz 5«, »Nimm zwei«, »Noch mal« oder »Nie wieder«.

Alle Stände auf dem Rixdorfer Weihnachtsmarkt werden von Schulen, Verbänden und Vereinen betrieben, traditionell ist auch die tschechische Partnerstadt Usti nad Dingenskirchen vertreten, während Nashville/Tennessee in diesem Jahr erneut zu Hause geblieben ist – zwischen dem Rathaus Neukölln und dem Weißen Haus herrscht noch immer Eiszeit.

Leider gibt es auch zahlreiche überflüssige Buden,

die Selbstgebasteltes oder »Zeug«, wie der Neuköllner sagt, feilbieten. Mit beträchtlichem Sicherheitsabstand zur Verkaufsfläche betrachten die Besucher argwöhnisch das Zeug, um es anschließend mit subtilen Kommentaren wie »Wat 'ne Scheiße aba ooch« durch die russische Schokolade zu ziehen. Das macht natürlich die Räume eng: Stets aufs Neue muss man sich den Weg zum nächsten Glühwein durch einen bedrohlichen Pulk von Müttern bahnen, die in Schlangenlinien Kinderwagen wie Rammböcke drohend über das Pflaster wuchten. Weit bequemer wäre es, könnte man sich einfach nur von Glühweinstand zu Glühweinstand treiben lassen. Einige Stände bieten immerhin Glühwein *und* Zeug an, das man beim Genuss des christlichen Getränks begutachten kann: Soll ich Mutter dieses Jahr ein schief zusammengenageltes Windlicht schenken oder ein riesiges Sparschwein aus Pappmaché? Nehme ich das Schwein mit den blauen Augen oder das mit den braunen? Bei dem Schwein mit den braunen Augen ist das Ringelschwänzchen schöner, bei dem anderen die Augen. Was ist wichtiger: Augen oder Schwanz? Fragen wir am besten mal die Damen in unserer Runde. Doch die sind gerade beschäftigt. Immerzu müssen sie sich »Zeug« angucken. Am Glühweinstand bei den Maronen trifft man sich wieder oder auch nicht.

Schüler bieten Essbares in durchsichtigen Plastiktüten an: »Echsenhäuschen«, wenn ich recht verstanden habe. Der Erlös ist für eine Klassenfahrt. Ein guter Zweck, mein liebes Kind, wohin soll's denn gehen? Aha, nach Paris, ins Disneyland. Feine Sache. Ich war ja mit sechzehn selber mal auf Klassenfahrt, in Nürnberg. Von Erlangen aus war man da auch nicht so quälend lange unterwegs. Was kostet denn dein Echsenhäuschen? Nur drei Euro? Meine Begleiterin kauft eins und ärgert sich, sie hat ja noch nicht mal ein Reptil zu Hause. Ich spendiere ihr einen Jagertee. Danach grinst sie endlich genauso enthemmt wie alle anderen hier. Süßer Taumel, besinnungslose Freude. Von Glück und Glühwein trunkene Jugendliche umarmen einander, einer übergibt sich in den Streichelzoo. Auf der großen Bühne haben die »Gropiuslerchen« soeben ihr Programm beendet. Jetzt tanzt ein Mann im Pferdekostüm und wird dabei von einem blonden Bikini-Flittchen ausgepeitscht. Irgendwie muss sie sich ja warm halten. Viele Kinder sehen zu, und ihrer noch ungefestigten Psyche werden irreversible Schäden zugefügt; den Therapeuten bezahlt dann die reiche Tante Ersatzkasse.

Nach dem dritten Jagertee haben wir das untrügliche Gefühl, endlich Gott zu schauen: Gott ist groß, Gott ist in uns – das lange Warten hat sich wieder mal gelohnt. Halleluja! Das Leben ist schön. Alle sind blau und glückselig. Fast möchten wir uns auf dem Höhepunkt der Ekstase in den Schnee legen, zum Sterben oder »Abkacken«, wie der Neuköllner sagt, wohl auch in Anlehnung an den braunen, von Hunden selbstgebastelten Schneeersatz, der hier optisch dominiert. Auf dem Heimweg liegt ein breitgetretenes Echsenhäuschen.

Hoffentlich war da keiner drin.

Silvester oder:
Der Untergang revisited

»Wumm!!«

Eine gewaltige Druckwelle erschüttert den Keller. Der Boden wackelt unter unseren Füßen, kurzzeitig gehen die Lichter aus, Kalk rieselt von der Decke, auf dem Öfchen in der Ecke schwappen Wogen durch den Kessel mit der Feuerzangenbowle. Angstvoll drängen sich die Menschen in dem überfüllten Raum, Kinder weinen, Säuglinge fangen an zu schreien.

»Posener Panzerknacker«, konstatiert der alte Krawuttke fachmännisch. »Sechsfach gebimstes Schwarzpulver, angefeilte Reißwecken und klassischer Fifty-fifty-Zünder, höchstwahrscheinlich rumänischer Bauart.« Der Luftschutzwart fischt eine verbeulte Blechtasse aus dem Schutt und hinkt damit mühsam zur Bowle: Silvester '88 hat er Ecke Reuterstraße sein rechtes Bein verloren. Das Letzte, woran er sich erinnern konnte, als er im Urban-Krankenhaus wieder aufwachte und die Bescherung sah, waren zwei Jugendliche und ein brennendes Feuerzeug. Nach einer Phase des Selbstmitleids und der Resignation beschloss Krawuttke, seine Erfahrung in zukünftigen Silvesternächten einzubringen und Menschenleben zu retten.

Der »Held vom Hermannplatz«, wie er seitdem ehrfurchtsvoll genannt wird, streift tröstend durch die Reihen, beruhigt hier eine Mutter mit Sekt, dort ein Kleinkind mit Eierlikör. Manche sind schon seit dem

28. Dezember hier unten im Keller – die einseitige Ernährung mit Sekt und Spekulatius sowie das unsägliche Fernsehprogramm haben sie längst zermürbt. Um Mitternacht stoßen alle auf ihren einzigen guten Vorsatz an: irgendwie diese Nacht zu überleben.

Mit dem letzten Glockenschlag beginnt draußen die Großoffensive. Die Feiernden scheinen unaufhaltsam vorzurücken. Block für Block wird im Häuserkampf genommen, aus leeren Sektflaschen heult ununterbrochen die Artillerie. Direkt vor dem Eingang zum Partykeller gibt es erneut einen mächtigen Schlag. Eine Frau bekommt einen Schreikrampf; es wird erst besser, als jemand anfängt, auf einer lustigen Tröte zu blasen. »Mein Gott!«, erbleicht sogar Krawuttke. »Wenn mich nicht alles täuscht, war das ein Warschauer Wuppdich. Der fällt unters Kriegswaffengesetz!«

Er blickt sich um: Überall nur schreckenstarre Gesichter, müde und betrunken. »Irgendjemand muss die Lage auskundschaften.« Er nimmt einen entschlossenen Schluck. »Wir haben höchstens noch für zwei Tage Rum und Zuckerhüte.«

Ich gebe mir einen Ruck und hebe den Arm.

Der bärbeißige Silvesterveteran wirkt gerührt: »Hannemann, geh du voran, du hast die längsten Hosen an.«

Wir werden nach Kreuzberg rübermüssen, denn in Neukölln dürfte nichts mehr zu holen sein; die Tanke in der Sonnenallee gilt schon seit dem späten Nachmittag als leer getrunken. Ich bestimme Freiwillige vom Volkssturm, die, so wie ich, hier nicht unbedingt gebraucht werden, weil sie nicht tanzen, sondern nur in der Küche herumstehen und den Nudelsalat wegessen. Wir schnallen uns Schnapsflaschen und die letzten Kracher an den Gürtel – ein Himmelfahrtskommando mit diesem legalen Schnickschnack, materiell derart unterlegen kommen wir normalerweise nicht mal zwei Straßen weiter. Der Luftschutzwart drückt jedem von uns still die Hand. Wir gehen die Treppe hoch und lauschen: Momentan scheint es einigermaßen ruhig zu sein. Noch einmal holen wir tief Luft und rücken die lustigen Hütchen auf dem Kopf zurecht. Dann öffne ich die Tür.

Ein Inferno schlägt uns entgegen: Dresden, Hiroshima, Cordoba, Tatütata! An jeder Ecke gibt es Explosionen, liegen Verwundete wimmernd im Rinnstein, sehe ich zerbrochenes Glas und Stolperfallen aus Luftschlangen. Alles brennt. Beißender Qualm hängt in der Luft; johlende Söldner ziehen mordend, plündernd und brandschatzend durch die Straßen; Blaulicht und rasende Taxen überall. Zwei meiner Männer ergreifen panisch die Flucht und rennen quer über den Platz in den »Blauen Affen«. Damit haben sich die Armen selbst gerichtet.

Wir anderen drücken uns furchtsam an den Häuserwänden entlang. Der Feind setzt zahllose Kindersoldaten ein: Kleine Händchen zünden Sprengsätze mit einer Entschlossenheit, als wäre alles nur ein tödliches Spiel. Dabei hat der *Tagesspiegel* vor Weihnachten eigens dafür gesammelt, dass es keine Kindersoldaten mehr gibt!

Der Türke steht vor der Wiener Straße: Uns empfängt ein Sperrfeuer aus Gas-, Schreckschuss- und Leuchtspurmunition. Kurzzeitig können wir mit unseren Böllern die Frontlinie begradigen, doch wenn uns Broemme nicht bald hier raushaut, werden wir noch vor Erreichen der Tanke Mariannenstraße restlos aufgerieben.

Der sagenhafte Landesbrandschutzdirektor Broemme mit seiner Entsatzarmee aus Löschzügen, Streetworkern und Kehrfahrzeugen, die mit alldem hier aufräumen wird – ist all das nur ein Luftschloss? Krawuttke hatte es doch mit glänzenden Augen versprochen!

Mir tun vor allem die im Keller Zurückgelassenen leid, wenn wir nachher ohne Sixpacks und Chipstüten zurückkommen.

Nackt unter Wölfen

Draußen schnürt eine gewaltige Matrone durch den Gang. »Dit is ja 'ne Fregatte«, kommentiert ein Opi fachmännisch. Aha, der Herr ist also geschmäcklerisch. Dabei lässt er seine um mehrere Konfektionsgrößen zu weite Haut, die wie ein Focksegel bei Halbflaute um die morschen Knochen schlottert, offenbar komplett außer Acht. Die Glastür öffnet sich, und eine schamrasierte Solariumsschönheit schlüpft in die Sauna. Ohne überhaupt hinzugucken, lese ich ihre Erscheinung in den Augen der umsitzenden Männer. Gleichmut wankt, Blicke flackern, Schweiß beginnt zu tropfen. Ich spanne ja gern »über Bande«. Man bekommt alles mit, ohne sich körperlich oder seelisch verrenken zu müssen.

Ein kurzer Kontrollblick bestätigt mir, was bereits in den Gesichtern der anderen zu sehen war. Nicht erraten habe ich hingegen ein Genitalpiercing bei ihr, das bestimmt bald sehr heiß wird, sowie einen ebenfalls gut ausgestatteten Begleiter. »Rudi Rüssel«, schießt es mir beim Anblick seines rasierten Intimbereichs durch den Kopf.

Mit den beiden Narzissten ist die Sauna gerammelt voll. Zwar öffnet nun auch die Fregatte kurz die Tür, doch sie passt beim besten Willen nicht mehr in den Hafen. Auf drei Ebenen warten etwa dreißig nackte Neuköllner auf den stündlichen Aufguss. Es ist fünf vor vier. In den Thermen im Stadtbad Neukölln steigt die Spannung. Es hat ein bisschen was von Raubtierfütterung.

Nicht aber, dass nackte Neuköllner stiller wären als angezogene – im Gegenteil: Mit den letzten Textilien lassen sie auch noch die letzten Hemmungen fallen, so dass sich der ortstypisch ausgeprägte Hang zu einem diffus leutseligen Laberfluss weiter verstärkt. Das leere Geschnatter mag dabei noch eine andere Ursache haben, die ich von mir selbst kenne, im Flugzeug sitzend, kurz vor dem Start: Sie haben Angst.

»Ruhe jetzt!« Mit einem Mal steht der Aufgießer vor uns. Es ist Punkt vier Uhr. Sein kahler Schädel und der stark behaarte Oberkörper im Grenzbereich zwischen muskulöser und untersetzter Statur erinnern an einen Trommler, der auf einer Galeere den Rudersklaven den Takt vorgibt. Ich nenne ihn Quälix. Sein Aussehen passt zu seinem Job. Quälix gießt mit einer Kelle Eukalyptus-Sud auf und knallt dann mit seinem Handtuch wie mit einer Peitsche durch die Luft. Ein Hauch Heiß weht uns an.

Noch ist das Ritual erträglich, und die Vorwitzigsten fangen schon wieder an zu labern. »Nur die Harten komm' in' Garten, höhö«, vernehme ich ein Flüstern vom Parterre. »Is dit alles?«, mault neben mir Rudi Rüssel. Links oben fällt das Wort »Bademeister«.

»Wer hat das gesagt?« Quälix hält mit dem Peitschen inne. Scharf schneidet seine Stimme durch die dunkle Schwitzhöhle.

Niemand meldet sich. Was, wenn keiner den Spötter verrät: Werden wir dann alle bestraft? Rennt er dann einfach raus und sperrt die Tür von außen zu, damit wir uns hier drinnen totschwitzen? Nicht auszudenken ...

Zunächst passiert gar nichts. Nur die nächsten zwei Schöpfkellen verdampfen zischend auf den heißen Steinen des Saunaofens. »Bademeister sind die da unten«, knurrt er schließlich verächtlich Richtung Schwimmbad, Keller, Hölle. »Ich bin Saunameister. Und du«, funkeln seine brutalen Äuglein zu dem Typen links oben, »kriegst hier noch extra einen mit.«

So weit es die dicke Luft zulässt, atmen wir auf: keine Kollektivbestrafung! Andererseits: Kann der Saunameister denn überhaupt so exakt peitschen?

Er kann nicht. »Aaaah«, »Boah«, »Hilfe«, schallt es aus sämtlichen Ecken. Heißer Dampf ätzt sich in Augen, Mund und Nase, zuckend winden sich gequälte Leiber – die letzten Tage von Sodom waren dagegen Ferien auf dem Ponyhof. »So, wer rauswill, kann jetzt raus. Alte, Frauen und Kinder zuerst«, signalisiert Quälix potentiellen Memmen die Option einer vorzeitigen Begnadigung. Ächzend raffen in Türnähe ehrlose Parterrekunden ihre Badetücher zusammen und verschwinden heulend im Dampf. »Meine Mutti hat gesagt, ich soll's nicht übertreiben«, behält der Schlotteropi doch tatsächlich das letzte Wort.

Quälix wartet, bis sich die Glastür hinter ihm geschlossen hat. »So, für den Rest gibt's jetzt noch ein Bonbon.« Mit diesen Worten leert er den Kübel vollends über dem Ofen aus und lässt noch ein letztes Mal rundum das Handtuch wirbeln.

Die Überlebenden klatschen doch tatsächlich Beifall. Ein generelles Phänomen: Der Neuköllner applaudiert bei der Landung des Urlaubsfliegers, nach erfolgter ASU, nach einer Aufgusssitzung. Ich weiß, warum: Es ist die tiefverankerte Hochachtung vor dem aus Erfahrung alles andere als selbstverständlich empfundenen Gelingen des Alltags. So applaudiere ich zu Hause jedes Mal dem Briefträger, wenn er die Treppen hochkommt. Das geschieht schließlich selten genug.

Im Thermenbistro fließt das Weizenbier in Strömen. Aufguss außen, Aufguss innen – hier weiß man, wie das Saunieren geht.

Auf der Eisbahn

Ich liege auf dem Rücken. Mein Kopf schmerzt. Es ist dunkel. Unter mir ist es eiskalt. Der Rücken friert. Ich höre Stimmen und verstehe nichts. Fast klingt es wie russisch. Sieht so das Ende aus – kühles Grab Stalingrad?

»Ulle ...«

Eine Frauenstimme. Offenbar handelt es sich um eine Soldatin. Fregattenmajorin Tamara Moskowskaja. Die sind zehnmal grausamer als Männer. Besser, ich halte meinen Skalp fest und stelle mich weiter tot.

»Challes in Orrtnunk, Ulle?« Die Stimme kommt mir bekannt vor. Ich hebe die Lider und sehe einen blauen Winterhimmel. Die Augen schmerzen; die Sonne blendet mich. Und nicht nur die: Um mich herum ist nichts als Eis. Zu viel Eis ist nicht gesund – das schärfte man schon uns Kindern ein. Die Sonne verdunkelt sich, und ich blicke direkt in das sorgenvolle Gesicht der russischen Eisprinzessin: »Ulle! Challes in Orrtnunk?«

Auf einmal weiß ich wieder, wo ich bin: in der Oderstraße, auf der Eisbahn Neukölln, aus dem Koma erwacht. Langsam erinnere ich mich ...

Das ganze Unglück begann damit, dass ich am frühen Sonntagnachmittag hinter einer Riesenschlange Neuköllnern mit der Eisprinzessin am Eingang zur Publikumsbahn anstand. Auf der benachbarten Eishockeyfläche rammten sich zwei Jugendteams die

Stöcke klaftertief in die Fressen. Der Atem der Wartenden stand in der kalten Luft. Es roch nach Glühwein und Nasenblut.

»Sag mal ›Hähnchen‹«, neckte ich die russische Eisprinzessin. »Chnchn«, versuchte sie es, und ich lachte frech. Sie ist Sprechstundenhilfe bei Dr. Aal am Karl-Marx-Platz. Dort hatte ich sie im Sommer als Patient kennengelernt – ein Hoch auf die Gelben Seiten! Das Schlittschuhlaufen war im Übrigen mein Vorschlag gewesen. Oft plant mein Mund Dinge, die er mit dem Rest des Kopfes nicht abgesprochen hat, doch der darf sie am Ende ausbaden.

Ich löste Karten für beide – eine Russin zahlt nicht –, und wir betraten die Schlittschuhausgabe. Die Luft war zum Schneiden. Meine Begleiterin hatte eigene Schlittschuhe dabei, ich selbst musste mir welche leihen. Das Aroma feuchter Socken durchzog den Raum. Von allen Seiten winkten rechts- und linksdrehende Fußpilzkulturen. Nicht umsonst erinnerte das Blau der Plastikschlittschuhe an das der Plastikschalen für die Zuchtchampignons im Supermarkt. Kinder quengelten. Ich klemmte mir den Zeigefinger übel an einer Schließschnalle und fuchtelte wild mit der Hand.

»Kiek dir den Spast an«, vernahm ich einen Jugendlichen. Von denen gab es hier beunruhigend viele: die Jungs mit Stacheln, als hätten sie beim Haarewaschen in eine Steckdose gefasst, die Mädchen mit einer Art beigefarbener Knetmasse dermaßen zugespachtelt, dass sie die glatten Gesichter erst uneben machte und so die zweckmäßige Bestimmung konterkarierte. Die Eisbahn an der Oderstraße gilt traditionell als Winternest für halbstarkes Jungvolk.

»Challes in Orrtnunk, Ulle?«, fragte besorgt die russische Eisprinzessin. Es klang ein wenig wie auswendig aufgesagt, aber immerhin. Sie ist zu lange in Deutschland, um von einem Mann in dieser Situation noch anzunehmen, er reiße sich lachend den lädierten Finger ab und schleudere ihn achtlos beiseite, um einen tiefen Schluck aus der Wodkapulle zu nehmen.

»Ja«, knurrte ich heldenhaft und steckte den blauen Finger in einen ebenfalls blauen Handschuh, »dawai!«

Jahrelang hatte ich nicht mehr auf Kufen gestanden. »Wenn es dem Esel zu wohl wird, geht er aufs Eis« – dabei war mir gar nicht wohl, am wenigsten hinten links, da, wo die Jugendlichen lauerten. Wiederholt schoss so ein blasser Wiedehopf mit Sonnenbrille hornissengleich aus dem Pulk. Unkontrolliert prallte die Flipperkugel aus Testosteron zwischen den schlitternden Familien umher. Die Standfesteren blieben meckernd stehen. Die anderen fielen einfach um.

»Alle neune«, tönte es triumphierend aus der Pickelecke. Die Knetemädchen kreischten anfeuernd, so dass es nicht lange dauerte, bis sich der nächste Amokfahrer auf den Weg machte. Blau blieb die Farbe des Tages: Irgendeiner hatte immer eine Thermoskanne mit heißem Sprit dabei – der bahneigene Glühwein ist doch was für kleine Kinder! Letztlich ist es nichts als eine weitere Balzform, um den Girls zu imponieren. Das gibt es schließlich auch in der Tierwelt: den tollwütigen Hirsch, den rücksichtslosen Auerhahn, das Pfauenmännchen, das sein Butterfly-Messer spreizt.

Das Laufen beherrschten sie durchaus – das musste ich zugeben –, während ich wie ein beim herbstlichen

Abflug von den anderen nicht ganz unabsichtlich vergessener Storch übers Eis stakste. Dafür drehte die russische Eisprinzessin die atemberaubendsten Kringel. Nach der zehnten Überrundung bremste sie mir einen Haufen Eisstaub in die Nüstern: In Russland sei sie damals in irgendeinem Eislaufkader gewesen. »Kadärr«, sagte sie, und der Akzent klang in meinen Ohren so charmant, dass ich ein kleines bisschen verzaubert war.

Schnell reifte die Idee: Sie sollte mir was beibringen! Die längst verscharrt geglaubte Leiche Ehrgeiz war geweckt – leider, denn Untote machen bekanntlich nichts als Ärger. Meiner Mentalität entsprechend wollte ich zunächst das Rückwärtslaufen lernen. Die ersten Schritte waren schwer, doch es schien nicht unmöglich. »Sag mal ›Hähnchen‹«, krähte ich fröhlich und übersah vor lauter Übermut, dass wir uns rückwärts der Jugendlichen-Ecke näherten …

Der kleine Puff in unserer Straße

Heute scheint es mal wieder ewig zu dauern, bis der Briefträger kommt. Oder sollte ich etwa schon wieder keine Post gekriegt haben? Gemein. Wenn nicht wenigstens Vattenfall, der Polizeipräsident und die Telekom gelegentlich an mich denken würden, könnte ich in meinem Briefkasten Schwalben züchten.

Auf dem Weg zu Aldi sichte ich immerhin das Fahrrad des Briefträgers. Es lehnt an der Hauswand neben dem diskret beleuchteten Eingang zu dem kleinen Puff in unserer Straße. So ein Etablissement gibt es in Neukölln an jeder Ecke – sozialer Treffpunkt und Handelsplatz in einem. Der Kunde ist König: Während der Verrichtung kümmert sich der Zuhälter um den Pitbull und die Puffmutter um die Kinder. Es ist ein gemütlicher Pantoffelpuff. Man kennt sich und weiß immer gleich, wo in der Nachbarschaft Not am Mann ist. Hier huscht der Gast auch mal fix zwischendurch in Hausschlappen rein, à la française, und kann drinnen auf dem Sofa ganz in Ruhe seinen Döner zu Ende essen, während er Natascha, Chérie und Desirée mustert. Ich male mir aus, wie sie gelangweilt zurückgucken, kichern und sich anzwinkern. Eine sagt kurz etwas in einer fremden Sprache, und sie kichern erneut, wobei kaum merklich Verachtung mitschwingt. Wenn ich an das Fahrrad denke, kann ich mir vorstellen, worüber sie reden: Ein Postbote mit Dönerresten im Bart am helllichten Tag – so etwas geht ja wohl gar nicht! Seine Wahl fällt auf Natascha, die eigentlich Mariana heißt.

Oder nein – heute steht ihm der Sinn eher nach Chérie, aber die heißt ja in Wirklichkeit Raissa. Oder doch die dralle Desirée mit den abstehenden Ohren? Die wiederum heißt in Wahrheit Natascha – aber wen interessiert das hier schon? Also Natascha, nein, Desirée.

Dann aber muss alles ganz schnell gehen – die Leute warten schließlich auf ihre Post. »Bumsski odärr Franzosski?«, lautet das Tagesangebot. Hausmannskost – schlicht, aber schmackhaft. Ruck, zuck fallen Entscheidungen und Hüllen, wechseln dreißig Euro neunundsechzig den Besitzer. Mit den glatten sechzig Mark damals war das zwar praktischer, dafür sind so manches Mal nun einunddreißig Cent Trinkgeld für Desirée, äh, Dings, ach, für wen auch immer, drin. Den Rest muss Dings ohnehin abgeben für Kost, Logis, Schläge und die sündhaft teure Lagerung der Personaldokumente – wir sind doch nicht in Wilmersdorf.

Jedenfalls weiß ich jetzt, warum der Briefträger noch nicht bei mir war. Es geht mich ja nichts an, wie er seinen Mittag gestaltet, aber auf diese Weise braucht man sich nicht darüber zu wundern, dass wir das höchste Porto der Welt haben. Oder macht er gar keine Pause? Vielleicht bringt er ja auch bloß die lang ersehnten Briefe zu den verschollen geglaubten jungen Frauen aus dem Osten, die zu Hause erzählt haben, dass sie in Kneipen arbeiten werden oder für die Post, und ein bisschen haben sie das sogar selbst geglaubt: »Call Center«, »Call a Pizza«, »Callgirl« – die deutsche Sprache führt noch oft zu Missverständnissen. In dem Brief für Dings liegt vielleicht ein getrocknetes Birkenblatt aus der Heimat, damit sie nicht vergisst, wie das riecht.

Der kleine Puff hat jetzt auch tagsüber auf, wegen der Arbeitslosen und weil sich in dieser Gegend niemand einen Besuch der politisch korrekten Ökobordelle leisten kann, der LPGs (Liebesproduktionsgenossenschaften), die die Grünen jetzt in Wilmersdorf eingerichtet haben – mit glücklichen Freilandnutten, die dort Huren heißen, und wo fürs Duzen extra bezahlt wird. In dem kleinen Puff in unserer Straße gibt es das nicht – hier ekeln sich Frauen aus Ländern hinter der neudefinierten Wohlstandsgrenze vor Unionseuropäern mit Fahnen aus Zwiebeln, Bier und Knoblauchsoße.

Auf meinem Rückweg von Aldi, zwanzig Minuten später, steht das Rad noch an derselben Stelle. Das sieht jetzt aber doch verdammt nach Pause aus – der Briefträger ist offensichtlich nicht im Dienst: Ein Birkenblatt bekommt heute wohl keine der Frauen, die ihre richtigen Namen vorerst vergessen haben, damit es eines Tages irgendwie weitergehen kann.

Neue Welt und altes Eisen

Bei Reichelt im Regal tanzen die Erbsen mit den Möhrchen Rock'n'Roll. In der Luft liegt ein dumpfes Grollen, das in rhythmische Schlagsequenzen übergeht. Der Boden vibriert, die Neonleuchten über der Kasse geraten in leichte Schwingung. Ein Erdbeben? Es ist früher Nachmittag. Im »Huxley's« nebenan hat der Soundcheck begonnen.

Auf dem Parkplatz der Neuen Welt stehen schon seit heute Morgen britische Tourbusse mit Anhänger: Vierschrötige, am Hals Tätowierte in schwarzen Klamotten rollen schweres Gerät zum Konzertsaal. Bulldoggen in Menschengestalt. Dazwischen bellen sie einander aus breitem Kinn geborene sprachliche Hilfskonstrukte um die Ohren, die man Cockney nennt, eine Mundart der englischen Arbeiterklasse, das Neuköllnische Englands sozusagen.

Kein Wunder, dass sie sich wie zu Hause fühlen. Hier sind sie gerne gesehen. Als ich vor den Supermarkt taumle, froh, dass mir die Schallwellen keine Flasche auf den Kopf geworfen haben, sehe ich diesen Jungen auf seine Vorbilder lauern: in einer anachronistischen Jeansweste, eine picklige und blasse Erscheinung aus irgendeiner Bronx. Ich tippe auf High-Deck-Siedlung, hintere Sonnenallee, kurz vor der ehemaligen Sektorengrenze. Das Bürschchen trippelt von einem Bein aufs andere.

»Wer spielt denn heute?«, entweicht mir aus einer

Art Mitleid geborene Leutseligkeit. Seine Augen leuchten, soweit es das wässrige Graublau eben zulässt: »Saxon!«

»Die leben noch?«, staune ich. In meinem Kopf mischen sich diffuse Erinnerungen an ein Open Air vor fünfundzwanzig Jahren: Hitze, warmes Bier, rasende Kopfschmerzen und eine Formation, die ihren dissonanten Sound-Matsch mit der einzig folgerichtigen Aktion ihres Auftritts beschlossen: Indem sie ihre Gitarren zertrümmerten und die Splitter unter dem wie betäubt jubelnden Volk verteilten – Saxon eben.

Merkwürdig: Seit der Wiedereröffnung spielen im Huxley's grundsätzlich nur noch Acts, an denen irgendwas faul ist. Direkt vor meiner Haustür habe ich das Vergnügen, das eintrudelnde Publikum zu analysieren. So sind dem Augenschein nach entweder Manga-, Grufti-, Satans- und sonstwie schwarzgeschminkte Verwesungsmucker zu Gast oder untote Altmetaller, die zahnlos am harten Brötchen längst vergangenen Ruhmes mümmeln und sich mit tattrigen Gitarrenfingern ihre karge Rente aufbessern. Die »richtigen« Bands treten durch die Bank zwei Kilometer Luftlinie von hier in der Columbiahalle auf.

»Ey, bist du blöde, Alter, ey, Saxon, die bringen das noch voll!«

Ich bin ein wenig gerührt über die Form der Ansprache. Ich hätte mich das ja in seinem Alter nicht getraut. Womöglich betrachtet er mich, warum auch immer, als seinesgleichen?

Später verfolge ich vom Fenster aus den Anmarsch der Konzertbesucher. Es ist ein lauer Frühlingsabend, viele scheinen mir zu warm angezogen: schwere Stiefel, Kutten, schweißtreibende Lederjacken. Zum Ausgleich ihres Flüssigkeitshaushalts trinken sie immerhin genug. Schweigend ziehen sie ihren Weg, diszipliniert landen leere Bierflaschen in den Altglasbehältern. Noch relativ nüchtern und ohne den schützenden Lärmmantel ihrer Musik wirken sie fast schüchtern. Selbst in den zahlreichen Graubärten meint man noch die blassen Jungen von einst zu erkennen. »Ey, Saxon, die bringen das noch voll ...«

In der Nacht treibt mich Gegröle zurück ans offene Fenster: Saxon müssen es tatsächlich voll gebracht haben. Die Stimmung unter den Abmarschierenden ist gut. Einzelne Männer röhren wie Tiere inhaltslos und nur zum Selbstzweck, ein schierer Ausdruck von Lebensfreude und Trunkenheit. Nicht wissen, nur machen: Das ist das Wesen der Kunst! Saxon hat sie von ihren Blockaden befreit, obwohl: Gibt es die überhaupt noch wirklich? Wahrscheinlich ist nur der Bassist noch der alte, also nicht ganz, aber immerhin der Neffe vom alten, und der spielt jetzt auch nicht direkt Bass, sondern guckt eher so zu und räumt danach backstage ein bisschen die Sachen auf.

Zwei Kuttenträger stützen einen dritten, während der sich in meinem Hauseingang übergibt. Ich werde fast neidisch: Wie gut die es haben! Immer unternehmen sie was zusammen und haben so viel Spaß! Diszipliniert werfen sie die leeren Bierflaschen an den Altglascontainern vorbei. Klirrend zerschellen sie auf der Fahrbahn. Das rockt!

Irgendwann sehe ich plötzlich auch den Jungen wieder: Blass und picklig wankt das unglamouröse Gesicht des Rock'n'Roll einsam zur Bushaltestelle.

Seine Schülermonatskarte bringt ihn bestimmt sicher nach Hause.

Hasenalarm

Am Ostersamstag im Supermarkt Reichelt. Neukölln hamstert für den gefühlten Weltuntergang, sprich: zwei einkaufsfreie Tage. In den Gängen drängen sich entnervte Kunden, an den Kassen warten lange Schlangen, und mitten in all dem Trubel steht, wie ein flauschiger Fels in der Brandung, ein gigantischer Hase.

Das beigefarbene Tier dürfte locker einen Meter siebzig groß sein. Gewaltige Hauer dominieren das fast menschlich wirkende Antlitz. Doch die Leute nehmen seinen Anblick mit teilnahmsloser Gelassenheit hin. In einer Gegend, in der die Menschen selten dem gewohnten Bild entsprechen, gesteht man das fairerweise auch den Tieren zu. Überdies hat das erste Entsetzen über die Auswirkungen des Klimawandels auf die Natur längst einer unaufgeregten Abgeklärtheit Platz gemacht: Alpengletscher verabschieden sich grußlos – na und? Subtropische Pflanzen wuchern auf brandenburgischen Balkons – was soll's? Aufrecht stehende Riesenhasen dringen direkt in menschliche Ansiedlungen vor – warum nicht? Ist doch nur ein friedfertiger Mümmelmann in XXL!

Der Hase sieht ausgesprochen gemütlich aus mit seiner gedrungenen Gestalt und einem Gewicht von schätzungsweise zwei Zentnern. Mit erstaunlich geschickten Pfoten verteilt er aus einem Bastkorb kleine runde Trüffel dreierlei Art an die Kunden. Wenn ich ihn mir so ansehe, weiß ich schon, dass er alles, was am Ende übrig bleibt, selber essen wird. So war es im vorigen Jahr, so wird es im nächsten Jahr sein, und in diesem ist es bestimmt nicht anders.

An jeden verteilt der Hase akkurat nur eine Kugel. In gut verständlichem Deutsch, was bei seinesgleichen nicht selbstverständlich ist, fragt er, ob man lieber hellbraun, dunkelbraun oder weiß haben wolle, und reicht das Gewünschte mit einer Kuchenzange an den Interessenten weiter. Dazwischen findet er genügend Muße, nach Hasenart zu scherzen: »Eigentlich bin ich ja eine Häsin, aber das sieht man mir nicht sofort an«, verkündet der Nager mit hoher Stimme. »Ich könnte genauso gut ein Rammler sein.«

Sofort ist tierisch Stimmung in der Bude. Das Wort »Rammler« lässt die Meute in frivoler Ekstase aufkreischen. Besonders viele Lacher löst es bei den rotnasigen Herren aus, die besonders viele Bierflaschen im Einkaufswagen liegen haben. Wieder andere wenden sich seufzend ab und verdrehen die Augen.

Ich aber rätsele, was sie damit wohl meint, dass man ihr das nicht sofort ansehe. Bis ich plötzlich hinter einem offenbar künstlichen Hasenmaul mit künstlichen Hasenzähnen das Gesicht einer mir bekannten Verkäuferin erkenne: Sie steckt doch tatsächlich in einem Hasenkostüm! Melancholisch schmunzle ich vor mich hin: Manche Menschen sind eben im falschen Körper gefangen und sehnen sich mit aller Macht danach, die ihrer Seele immanente Identität anzunehmen, sei es in Geschlecht, Gattung oder Art. Wenn dann das Kassengutachten negativ ausfällt und eigene Mittel für eine entsprechende Operation fehlen, muss es halt mal ein Provisorium in Form einer Verkleidung tun.

Ein kleiner Junge spricht die Hasentranse (oder sagt man Transhasen?) an: Für seine Eltern, die irgendwo dahinten seien – er deutet hektisch ins Nirgendwo –, benötige er ebenfalls noch jeweils eine Trüffel.

Ich tippe auf einen betrügerischen Vorwand. Kriminelle Karrieren beginnen oft recht unspektakulär.

Trinken und jammern

»Der Kapitalismus ...«, hebt Achim an. Er lallt. Der erste richtig wärmende Sonnentag des Jahres fordert seinen Tribut.

»Der Kapitalismus ...«, wiederholt Achim sinnlos. Er zappelt. Bier fördert Harndrang und Logorrhö. »Prost«, rufen Stefan und ich und ersticken damit das wirre Geblubber. Auch an den anderen Tischen wird gejammert. Das ist der bevorzugt betriebene Volkssport in der »Hasenschänke«, dem politischen, kulturellen, sozialen, philosophischen und nicht zuletzt alkoholischen Zentrum Neuköllns, das inmitten des Volksparks Hasenheide liegt. In dieser Mischung aus primitivem Biergarten und riesigem Freiluftkiosk bestimmt der Sonnenstand speziell im Frühjahr und Herbst die Sitzordnung. Hektisch versuchen Gelegenheitsgäste, die leichten Plastikmöbel den wandernden Strahlen hinterherzurücken, dahin, wo die erfahrenen Stammgäste längst sitzen. Dieser sitzordnungsgewordene symbolische Sonnenkult weist hochinteressante Parallelen zum Kreis von Stonehenge auf, der sich aus ähnlichen Motiven entwickelt haben mag. So bietet die Hasenschänke auch Spektakuläres für Esoteriker und Anhänger von Druidenreligionen.

Den harten Kern erkennt man an der Gesichtsbräune. Am Nebentisch sitzt die absolute Stammbesatzung – alle drei mit Sonnenbrille und der klassischen Frühjahrs-Saufbräune. In Endlosschleife fallen die Wörter »Hartz IV«, »Scheiße« und »Bierholen«. Seit Jahren belausche ich sie hier, wenn sie jeden halbwegs schönen Tag in der Sonne sitzen, trinken und jammern. Dabei frage ich mich jedes Mal: Warum sitzen die fast immer in der Hasenschänke? Gibt es denn keine Alternative?

Der heimliche Anführer dieser Clique ist »Der, der immer da ist«, wie wir Kenner ihn ehrfürchtig bezeichnen. Nur er ist als Einziger tatsächlich immer da, er ist ein Platzhirsch im ureigensten Sinn des Wortes. Unter der silbergrauen Mähne des Patriarchen strahlt das allzeit freundliche Gesicht eine heitere Gelassenheit aus, wie sie nur die gewinnbringende Kombination aus Weisheit und Dauerarbeitslosigkeit, Gleichmut und Berliner Pilsener, unendlicher Zufriedenheit und finaler Resignation hervorzubringen vermag. Oft sehe ich ihn, im selben Viertel wohnend, auf dem Weg von oder zur Hasenschänke schlendern. Sein Gang besitzt etwas dynamisch Federndes, der Blick ist stets leicht himmelwärts gewandt. Er scheint alle Hundehaufen zu kennen, selbst die neuesten, oder sie zumindest instinktiv orten zu können; an dieser Fähigkeit erkennt man den wahren Neuköllner.

In seinem Rudel herrscht »Der, der immer da ist« mit ruhigem Ton. Die engagierten Diskussionen drehen sich fast immer um das Gleiche: »wie scheiße alles ist«, »dass der Staat nichts macht«, »dass alle Betrüger sind« – wobei das Wort »Betrüger« wahlweise als Synonym gilt für Politiker, Studenten, Türken oder den Homo sapiens im Allgemeinen. Manchmal werden die Wortgefechte hitziger, aber meistens grundlos, da sie ohnehin alle in derselben Meinung münden. Dann ergreift der Sonnenkönig das Wort und beruhigt die anderen mit sanfter Stimme, dass »alles scheiße ist«. Wenn es dunkel wird, ziehen sie nach Hause, um am nächsten Tag rechtzeitig wieder in der Hasenschänke zu sein: Es gibt noch jede Menge Gesprächsbedarf.

Wenn einer der Herren Nachschub holt, ruht die Diskussion fairerweise. Der Bierholer begibt sich nach vorne zum Verkaufsschalter unter dem Vordach, wo die Blassen sitzen. Wir nennen sie auch »die Olme«. Sie sind blass und wollen es bleiben. Das Zwielicht, die Dämmerung, der Schatten sind ihnen Lebenselixier. Wer von ihnen eine Wohnung hat, bevorzugt Hinterhof Parterre – gerne in engen dunklen Straßen wie der Boddin- oder der Weserstraße –, wo sie hinter mit Wolldecken verhangenen Fenstern selbstgedrehten Eselsmist rauchen. Im Winter sieht man sie im Schutze der Überdachung vor der geschlossenen Schänke lagern und geduldig auf das Frühjahr warten. Das ist ihnen freilich ein zwiespältiger Freund: Auf der einen Seite verheißt es die Öffnung der geliebten Tränke, auf der anderen jedoch droht es mit Luft und Liebe, Wärme und Hoffnung – natürlich für die anderen.

Die Hasenschänke ist eine Klassengesellschaft: Hier die Gebräunten, die jammern, dort die Blassen, die nur noch stumm vor sich hin bleichen. Dazwischen die kartenspielenden Balkanleute, die aus Gründen, die ich nicht wissen möchte, als Einzige am Tisch bedient werden.

Und natürlich wir. Was am Nachbartisch mein soziologisches Interesse erregt, geht am eigenen Tisch leider nur noch schwer auf die Nerven: »Der Kapitalismus ...«, versucht es Achim erneut mit dem gebetsmühlenartigen Gewäsch selbstverschuldet zu kurz gekommener Mittvierziger. Auch solche sieht man hier oft: In der Seele zwar links bis zum Tod, doch in der Praxis verquollene Phrasendrescher. Selbstgerechte Dogmatiker, entsexte Trinker, St.-Pauli-Modefans. Bald gehöre ich selbst dazu, dann wird es Zeit zu gehen.

»Ich trinke ja jetzt kontrolliert«, wechselt Achim zum Glück abrupt das Thema, »nur noch drei Bier am Tag. Mit den sechs von heute bin ich drei im Minus. Morgen zwei, dann bin ich bloß noch zwei hinten.«

Wenigstens beim Rechnen behält er einen kühlen Kopf.

Am Rande des Areals bricht auf einmal der ehemalige Kollege Martin lärmend aus dem Gebüsch und steuert auf unseren Tisch zu. In einem Jutebeutel klirren leere Flaschen. Martin sieht gesund aus, glücklich, braungebrannt. Er war am Teich. »Die Frösche haben gequakt«, sagt Martin. »Das war schön.« Er zeigt uns das kraterähnliche Loch in seinem Arm – achtunddreißig Plasmaspenden in einem Jahr, dazu Hartz IV. »Alles besser als Taxifahren«, meint Martin und leert mit uns zügig ein paar Einbecker Urbock. »Ich weiß nicht, warum die alle jammern.«

Als er geht, torkelt er extrem.

Ist das der Kapitalismus?

Volksfeststimmung

Für einen lauen Freitagabend ist es erstaunlich leer auf den »Neuköllner Maientagen«. In den Buden erblickt man lauter flehende Gesichter von Schaustellern. Kaum einer von ihnen hat noch die Kraft, mit halberstickter Stimme »Kommen Sie rein, hier geht's rund« zu wimmern. Das wirkt alles ausgesprochen niederschmetternd. Auch ich bin traurig. Die schöne Frau ruft mal wieder nicht an. Sie hat es nicht versprochen, ich habe sie nicht darum gebeten, ich habe es mir lediglich gewünscht. Irgendwann habe ich dann eben mein Handy eingesteckt und bin auf den Rummel gegangen, um mich zu vergnügen. Allein.

Unschlüssig stehe ich vor einem Stand. »Entenangeln« kann man da. Wer eine Ente mit einem goldenen Punkt aus einem künstlichen Fluss fischt, erhält einen Hauptgewinn. Das macht bestimmt irre Spaß. Aus Mitleid mit dem Besitzer erwäge ich einen Versuch, doch der Oberkörper des Mannes ruht reglos auf dem Tresen. Ist er tot? Rasch gehe ich weiter.

Auch am Schießstand »Jagdschloss« bin ich der einzige Kunde. Man nimmt sich Zeit für mich, ich nehme mir Zeit für die – was bleibt uns anderes übrig? Ich schieße mir eine Rose. »Danke«, sage ich zu mir. Ich knülle die Rose in die Hosentasche. Meine Rose – die nimmt mir keiner mehr, und wenn doch, wäre es auch egal. Wehmut weht mich an: Wie schön könnte alles sein, wenn es nicht wäre, wie es ist.

Die Kinderkarussells sind verwaist. Mit so was kann man die Kinder heutzutage nicht mehr locken. Davon abgesehen gibt es nicht mehr viele Kinder. Schade. Auch ich habe meine Chance verpasst. Zu spät, vorbei, nie wieder. Solche Gedanken kommen mir immer auf dem Rummelplatz. Schon komisch irgendwie ...

Ich kaufe Zuckerwatte, um sie irgendeinem Kind zu schenken. Ich muss lange suchen. Endlich finde ich eins. »Nein«, sagt das Kind, »geh weg.« Ich werfe die Zuckerwatte in den Müll. Ich mag das Zeug selber nicht.

In einer düsteren Seitengasse findet sich auf einmal doch ein hochfrequentiertes Geschäft: Ein Boxstand wird von dreißig jungen Arabern umlagert. Die Regeln sind einfach: so fest wie möglich gegen eine Boxbirne hauen – auf einer Skala wird anschließend die Schlagkraft angezeigt. Ab und zu zahlt einer zehn Euro nach, damit das Rudel stundenlang nonstop auf die Birne einprügeln kann. Entspannt wirkt das nicht, doch womöglich kommt das ja noch. Vielleicht wird ja alles gut.

Da! Hat nicht gerade das Handy gepiept? Nein, leider doch nicht. Mein Trommelfell verarscht mich mit einer akustischen Fata Morgana nach der anderen – auf die SMS einer unerwiderten Liebe zu warten hat erschreckend viel von Hitlers letzten Tagen im Führerbunker. Dabei habe ich mir heute Abend extra nichts vorgenommen. Außer, mich mal so richtig gründlich zu amüsieren, und das tue ich ja auch. Haha. Ich kaufe mir einen Apfel-Berliner und würge das staubtrockene Gebäck hustend hinunter. Mit stumpfer Aggression donnern im Halbdunkel zwei vereinzelte Autoscooter wie liebestolle Hirsche gegeneinander. Ist das nicht Amüsement pur? Freude hat auch viel mit Einstellung zu tun.

Nahezu leer rattert die alte kleine Achterbahn, wenn sie nicht wie die meiste Zeit im Bahnhof vergeblich auf Mitfahrer wartet. »Katz und Maus« heißt der Brechreiz auf Rädern – die Katz ist der TÜV, doch die Maus scheint augen-, ohren- und überhaupt wahrscheinlich immer wieder zu entkommen.

Noch schwindelerregender wirkt das Fahrgeschäft »Vortex«. Ich muss an »Vomex« denken, ein Medikament gegen Übelkeit, das Mutter und Schwester vor Autofahrten in die Berge einzunehmen pflegten. Dafür machte das Mittel müde und depressiv. »Türkenschleuder«, verhöhnt eine deutschstämmige Mutti den verrosteten Vergnügungsveteranen, bevor sie ihren Auswurf geräuschvoll direkt neben ihrem blassen Kind platziert. Sofort steckt sie sich die nächste Zigarette an. Vati nuckelt weiter still an seinem Sternburg-Pils.

Vor der »verrückten Lachshow« erzählen zwei Riesenbayern aus Plastik einander Witze, die keiner versteht. Ein kleiner türkischer Junge starrt auf die Trachtenmonster und bricht in Tränen aus. Seine Eltern können ihn kaum beruhigen. Lachen ist gesund – dafür zahle ich gerne die zwei Euro fünfzig. Im »Gaudikeller« ist alles dunkel, der Boden mal weich, mal schief und mal uneben sowie mit unsinnigen Hindernissen bestückt. Sehr witzig! Fluchend stolpere ich blind durch die Gänge. Ab und zu zischt ein Luftstrom – von oben, von vorne, von unten. Hätte ich ein Röckchen an, würde das nun gelüftet. Inwieweit das komisch wäre, mögen andere beurteilen.

Dann wird es hell. In verschiedenen Zerrspiegeln

sehe ich so aus, wie ich mich fühle – nur leider ist lächerlich das Gegenteil von lustig. »Wozu?«, frage ich verbittert, und wie zur Antwort piept auf einmal wirklich das Handy, kein Irrtum, und meine Finger fliegen und meine Augen flackern und lesen: »Lieber CallYa-Kunde. Ihr aktuelles Guthaben beträgt 1 Euro 82. Bitte laden Sie bald wieder auf, damit Sie weiterhin ungestört mobil telefonieren können.« Beim Verlassen der Lachshow habe ich vermutlich Tränen in den Augen, jedenfalls machen die draußen Anstehenden bei meinem Anblick auf der Stelle kehrt und steuern eine Losbude an, die mit fünf Meter großen Diddelmäusen wirbt.

Immerhin ein Hauch von Betrieb herrscht im »Volksfestzelt«. Um niemandem die Stimmung zu verderben, beobachte ich das Treiben als einsamer Zaungast: Zur Musik von Blue Haley, einer Bill-Haley-Coverband, tanzen Schülerinnen den Alkopop. Schön. Die Auftrittsliste der Band ist beeindruckend: »25. April: Rathauspassagen am Alexanderplatz, 27. April: Neuköllner Maientage, 28. April: Wolzig – Eröffnung Bootshaus«. Ihre aktuelle Weihnachts-CD kostet zehn Euro, ein Poster nur zwei. Das ehrliche Elend rührt. Ob es selbst auf dieser Ebene noch so etwas wie Groupies gibt? »Hey, bist du nicht der Bassist der Blue Haleys?« Dann gäbe es wohl auch Groupies bei Reinigungstrupps oder Drückerkolonnen.

Blue Haley spielen ziemlich laut. In einer Pause verlasse ich das Festgelände. Schön war's. Na ja, nicht wirklich – aber geschenkt! Das Display meines Handys meldet: »1 Anruf in Abwesenheit.«

Die Herkunft des Anrufs lässt sich leider nicht nachvollziehen.

Ich war Werner Lorant

Mit einer Flasche Rex-Pils meditiere ich in der Hasenheide, als in meiner Nähe etwa fünfzehn Kinder Tore aus Papierkörben aufstellen und beginnen, Fußball zu spielen. Doch kann man diese Katastrophe überhaupt »Fußball« nennen? Eine Ordnung fehlt komplett, Kampf- und Laufbereitschaft gehen gegen null. Zuteilung bei Standards sowie Übersicht und Deckungsverhalten: Cordoba lässt grüßen!

Viel zu lange verfolge ich den stümperhaften Auftritt mit an Selbstverleugnung grenzender Schafsgeduld. Schließlich halte ich es einfach nicht mehr aus: »Kurze Unterbrechung.« Ich betrete das Spielfeld und halte den Ball fest. Die Kinder gucken komisch.

»Hört mal, so geht das nicht weiter! Ich zeig euch mal, wie das geht!« Ich wende mich an den Kleinsten: »Ich hab dich genau beobachtet. Du stehst hier bloß rum. Raus!«

Er blickt ungläubig drein: »Aber ... aber ...«

»Hast du nicht gehört? Wir können dich nicht gebrauchen. Hau ab!«

Traurig verlässt er den Platz, und ich siebe weiter aus: »Und du und du und du – raus!« Ausgerechnet der Unbegabteste hebt zum Widerspruch an. Da ist er bei mir aber an die falsche Adresse geraten. »Was willst du denn eigentlich? Die Sache ist doch ganz einfach. Als Spieler kann ich mich entscheiden: Wo will ich hin? Bin ich bereit, mich zu verbessern? Bin ich bereit, Leistung zu bringen? Und wenn ich das nicht bin: auch gut. Aber dann hab ich hier auf dem Spielfeld auch nichts zu suchen. Das ist alles ganz simpel, das ist Fußball!«

Nachdem die Versager weg sind, teile ich die Mannschaften neu ein. Bei der besseren spiele ich selber mit. »Zentrales defensives Mittelfeld«, sage ich zu einem türkischen Jungen. »Du bist ein klassischer Sechser.« Damit er nicht abhebt, schiebe ich gleich einen pädagogischen Dämpfer hinterher: »Aber vergiss diesen südländischen Tuntenball! Regel Nummer eins: Teamgeist; Regel Nummer zwei: Verantwortung; Regel Nummer drei: Zweikampfhärte. Vielleicht hilft dir das ja, dich besser einzufügen!«

Das Spiel geht weiter. »Ruhig von hinten aufbauen«, rufe ich, »und mehr auf die Flügel ausweichen!« Die kleine Brillenschlange in dem Bayerntrikot mit der Nummer 9 wartet nur vorne auf den Ball, anstatt auch nach hinten mitzuarbeiten. »He, du da, los, mehr Bewegung. Ihr müsst eure Laufwege kennenlernen«, schnauze ich den Stehgeiger an. Bei einem Gegenangriff schläft unser Torwart und kassiert ein dummes und unnötiges Tor. Natürlich Abseits, glasklares Abseits, zum Glück, aber trotzdem. »Komm mal her«, zitiere ich den Träumer erbost zu mir und verpasse ihm eine saftige Ohrfeige. Er fängt an zu weinen. Ernst blicke ich ihm in die Augen. »Du wirst das jetzt nicht verstehen«, erkläre ich ihm ruhig, »ich bin dir noch nicht mal wirklich böse, aber schau mal: Eines Tages wirst du mir dankbar sein, wenn du dich an den Mentor erinnerst, der dir, als du ein bockiger kleiner Junge warst, geholfen hat, deine Konzentration und deinen Leistungswillen zu entdecken!«

Meine Maßnahmen beginnen Früchte zu tragen. Die Flügel sind besetzt, das ballorientierte Spielsystem ist geordnet und trägt zweifelsfrei meine Handschrift: zwei wie Zahnräder aus Gummi flexibel gegeneinander rotierende Viererketten mit je einem linksdrehenden Staubsauger vor und einem rechtsdrehenden Hilfsmotor hinter der Abwehr, die sich bei eigenem Ballbesitz elliptisch auffächern und überfallartig den direkten Weg zum gegnerischen Tor suchen – dazu pausenloses Forechecking. Das Match ist zwar nicht hochklassig, aber unheimlich intensiv. Der pure Abstiegskampf. Verbissen schwitzen und rennen die Kinder, geben dabei keinen Laut von sich: Meine Drohung, ein paar scharfe Konditionseinheiten einzuschieben, wenn weiter dieses dämliche Geschrei herrscht, wirkt Wunder.

Als mir ein gegnerischer Angreifer den Ball durch die Beine schieben will, setze ich zu einer entschlossenen Klaus-Täuber-Gedächtnisgrätsche an: Es knackt hässlich, und wimmernd wälzt sich der Frechdachs auf dem Rasen. »Passt mal auf, Kinder«, sage ich und nehme den Ball in die Hand, wie immer, wenn ich etwas Wichtiges mitzuteilen habe. »So hat Abwehrarbeit auszusehen, die erfolgreich sein will. Merkt euch das!« Sogar für den Verletzten finde ich ein paar aufmunternde Worte: »In deinem Alter heilt das total schnell. In fünf Monaten kann die Mama den Rollstuhl schon wieder bei E-Bay reinstellen!« Dann wende ich mich erneut den anderen zu, die betreten um uns herumstehen: »Und jetzt schafft die Heulsuse beiseite. Das müssen wir sonst alles nachspielen!«

In Überzahl gebe ich blitzschnell einen Elfmeter für uns, den ich eiskalt verwandle. »Tor«, juble ich, vor

Freude außer mir, »Tor!!« Wie ein Verrückter rase ich quer über den Platz, umarme eine Eiche und reiße mir das Hemd vom Leib.

Darunter kommt ein zweites Shirt zum Vorschein, auf dem groß »Jesus« steht und noch größer darunter »bin ich«. Gelöst winke ich in das zufällige Publikum aus Joggern und herumstehenden Park-Dealern. Gleich darauf pfeife ich ab.

Ich habe gewonnen.

An der Quelle des Glücks

Es ist Frühling. In den Ohren sprießen die Haare, auf staubigem Asphalt zwitschern die Autoreifen. Sämtliche Fenster sind weit geöffnet, und ungehindert dringen frische Abgase in meine Wohnung. Tief atme ich den Duft des Hermannplatzes ein: herrlich ...

Dann endlich kracht es. Es ist nur ein leichter dumpfer Knall, Metall auf Metall, dazu das Geräusch splitternden Glases. Es folgt ein kurzer Moment der relativen Ruhe, bevor Geschrei ertönt. Das alles ist Musik in meinen Ohren – eine Symphonie in Blech Moll –, seit Stunden habe ich darauf gewartet! Ich stürze zum Fenster und blicke hinaus: Ein Kleinwagen ist in einen Lieferwagen gefahren. »Das ist fein«, klatsche ich erfreut in die Hände, »oh, wie ist das fein!« Aus dem Transporter steigt ein Handwerker und geht langsam nach hinten. Dort sitzt eine junge Frau reglos hinter dem Steuer ihres Autos, als könne sie sich auf diese Weise unsichtbar und die Sache ungeschehen machen. Aber das funktioniert nicht. Von oben herab klopft der Lieferwagenmann an ihre Scheibe, als wäre er nicht selber schuld – ein klassisches Muster, oft gesehen, ich weiß Bescheid.

Ich bin quasi zum Unfallexperten geworden, denn hier am Hermannplatz kann ich jeden Tag mehrere erleben. Was für ein wunderbarer Ort! Unfälle bringen Abwechslung und Spannung, Unfälle sind schön. So wie leckere Kekse mit Schokoladenguss gehören sie zu den harmlosen kleinen Freuden meiner späten Tage. Ich sitze an der Quelle des Glücks. Nur deswegen bin ich hierhergezogen.

Selten erlebe ich einen Unfall wirklich live mit. Stattdessen läuft es meist folgendermaßen ab: Auf der Straße kracht es, und ich sprinte zum Fenster. Wenn ich schnell bin, bekomme ich sogar noch diesen legendären Moment der Stille mit, der nach jedem Zusammenstoß für Sekunden seinen weichen dunklen Mantel über alles legt: Mit einem Schlag scheinen der Verkehr, die Passanten und mit ihnen die Zeit komplett stehen geblieben zu sein. Die Scherben glitzern in der Mittagssonne. Ich könnte singen vor Glück. Kann es so viel Schönheit überhaupt geben? Ja, es kann.

In diesem Moment beendet oft ein aufgeregtes Gezänk die Stille, und alles geht wieder seinen gewohnten Gang: Passanten fotografieren den Unfallort mit ihren Handys, ein paar arabische Jugendliche lachen, und die Unfallgegner tauschen Versicherungsnummern oder Ohrfeigen aus. Die Polizei lässt meist auf sich warten – so habe ich Zeit, in Ruhe das erste Bier zu leeren.

Dieses erste Bier ist nicht nur stets das schönste, es schmiert obendrein die Gehirnwindungen: Da ich ja den eigentlichen Unfallhergang kaum jemals mitbekomme, habe ich das zusätzliche Quizvergnügen, ihn vom Fenster aus zu rekonstruieren. Oft sind die Wagen dermaßen bizarr ineinander verkeilt, dass ich mir den Ablauf beim besten Willen nicht mehr zusammenreimen kann. Was, zum Geier, haben die sich wohl gedacht? Wollte da einer etwa bei Rot seitwärts durch den Eierkuchenimbiss vor Karstadt abkürzen und hat dabei einen raumschiffgroßen Sattelschlepper mit blinkenden Rundleuchten übersehen? Hat er den eigenen Polo für einen Hubschrauber gehalten? Waren Drogen, Wahnsinn, Alkohol im Spiel? Frühjahrsmüdigkeit, Liebeskummer, Herzinfarkt?

Es ist alles vollkommen sinnlos: Ohne Führerschein ist das Autofahren verboten – ohne Hirn ist es erlaubt. Und wie blöd kann ein Mensch eigentlich sein: Gibt es da keine Schallgrenze, hinter der es pausenlos pfeift? Oben in meiner Wohnung klatsche ich mir dann gern theatralisch mit der flachen Hand gegen die Stirn. »Ihr seid *so* blöd«, singe ich aus dem Fenster und gehe in die Küche, um das zweite Bier zu holen. Ich habe die Flasche noch nicht geöffnet, da rummst es bereits ein weiteres Mal.

Der Frühling ist schön.

Philosoph der Straße

Die Sonnenallee auf mittlerer Höhe: Hier zeigt sich Neukölln von seiner unprätentiösen Seite. Es ist auf gepflegte Art nichts los – Passanten wechseln ihre Standorte ohne Hast, manch rauchende Mutter schiebt ihren Kinderwagen wie einen rollenden Aschenbecher vor sich her, in den sie jederzeit zu aschen droht. Ein Laufsteg der Eitelkeiten sieht anders aus.

Doch ein Anwohner fühlt sich anscheinend besonders wohl. Der kräftige Mann ist im besten Alter. Er sitzt an einer Bushaltestelle, hört Musik über Kopfhörer und unterhält sich laut mit sich selbst: Eindringlich philosophiert er über Gott und die Welt – ich schnappe die Themenbereiche Fußball, allgemeine Anomalien und menschliche Ausscheidungen auf. Mehr verstehe ich allerdings nicht, der Verkehr ist zu laut. Ein Bus nach dem anderen fährt, ohne anzuhalten, an der Haltestelle vorbei, dazu zahllose Autos, deren Insassen der Mann entweder auf Grundlage eines ausgeklügelten Systems oder einfach nur aus einer blitzartig wechselnden Laune heraus mit scherzhaften oder groben Worten bedenkt.

Der Mann ist durstig. Das erkenne ich daran, dass er aus der Plastiktüte neben sich in regelmäßigen Abständen eine Bierflasche zieht, sie relativ zügig leert und anschließend in die Tüte zurückschiebt. Auch wirkt der Durstige auf eine grimmige Art fröhlich: Wiederholt lässt er ein bollerndes Lachen vom Stapel, das von einer wütenden Bitterkeit geprägt scheint, von einem weisen Weltschmerz sowie einer geradezu beiläufigen Resignation – alles zusammen nicht ohne eine gehörige Prise feinster Selbstironie. Letztlich nicht ganz ausschließen möchte ich auch, dass er besoffen und bekloppt ist.

Ein japanischer Kleinwagen, in dem drei ältere Damen sitzen, muss verkehrsbedingt direkt neben dem Mann halten. Der jedoch würdigt sie keines Blickes, sondern verkündet scheinbar zusammenhanglos und mit gespenstischem Vergnügen: »Die werden sterben, die kleinen Jungs und Mädels. Die werden nicht klug – nein, nein, nein ...«

Mit einem Mal wird mir klar, wie viel mehr als ich dieser Mann weiß: Wer würde sterben, wie und warum? Was meint er mit »nein, nein, nein«? Würden sie vielleicht doch nicht sterben? Er lächelt grausam. Weiß er bereits, um welche Kinder es sich handelt – hat er ihr Umfeld und ihre Gewohnheiten studiert und im Voraus berechnet, in welcher Beziehung ihr zu erwartender Tod mit ihrer mangelnden Klugheit steht? Wann und wo würde es passieren – etwa gleich hier, an der Bushaltestelle?

Ich sehe ihn fragend an, doch er reagiert nicht. Kein Wunder, stehe ich doch hinter ihm und verspüre nicht die geringste Lust, in sein Blickfeld zu geraten – auf keinen Fall will ich fahrlässig den freien Fluss der Informationen gefährden. Selbst wenn er nicht unbedingt wirkt wie ein scheues Reh, so täuscht gewiss der Anschein. Der Mann rülpst, öffnet ein neues Bier und stößt eine Flut von Verwünschungen aus. Das erklärt im Grunde alles und nichts – alles, weil alles nichts ist, und nichts, weil nichts alles ist. Der 141er rollt heran und hält, allerdings nicht hier, sondern schräg gegenüber – die Haltestelle, an der der Mann sitzt, ist stillgelegt. So gibt es weniger Zeugen – das hat er klug ausgewählt.

Das Auto fährt weiter. Die Damen haben den Mann nicht bemerkt und der Mann nicht die Damen. Ihre Lebenswege haben sich ganz kurz gekreuzt, ohne dass einer beim anderen die geringste Spur hinterlässt. Was auf den ersten Blick phantastisch klingt, kommt doch viel öfter vor, als man denkt, an jedem Tag wohl Dutzende von Malen.

Sei's getrommelt und gepfiffen

Der Umzug zum alljährlichen »Karneval der Kulturen« beginnt am Hermannplatz, direkt vor meinem Fenster. Bunte Trommelgruppen. Bunte Pfeifgruppen. Bunte Pfeif- und Trommelgruppen. Das war's. Knapp ist die Vielfalt, umso reichlicher dafür die Anzahl.

Von der Trinkbude gegenüber schallen schmissige Caipirinha-Rhythmen herüber. Menschen säumen die Straßen. Sie halten Plastikbecher in den Händen. Geräuschvoll saugen sie quietschbunte Ethanolderivate durch überdimensionierte Halme.

Viele kommen auch in meine Wohnung. Von hier oben kann man trockenen Auges auf den Zug gucken. Einige habe ich eingeladen, andere kenne ich nicht. Es ist ein Kommen und Gehen – die Wohnungstür bleibt offen. Bellende Hunde laufen durch die Küche; eine Katze wirft sechs Junge im Obstkorb; Obstfliegen schwirren aufgescheucht herum. Ein Schaf knabbert am Telefonkabel im Flur. Irgendwo ruft ein Kuckuck. Karneval der Kulturen bedeutet immer auch Karneval der Tiere. So ist das seit jeher – so hat es Gott gewollt, und der Mensch befolgt seine Fügung. So ist der Mensch – ein Schleimer vor dem Herrn!

Ich möchte mich in mein Schlafgemach zurückziehen, doch das Bett ist besetzt. Ungebetene Besucher schnarchen den Schlaf der Ungerechten. Also glotze ich mit den anderen Gaffern weiter aus dem Fenster. Was bleibt mir anderes übrig? Wir trinken warmes

Bier. Draußen regnet es. Ich langweile mich. Schon seit heute Morgen habe ich tierisch schlechte Laune.

Gruppe um Gruppe, Wagen um Wagen ziehen vorüber. Alle sehen gleich aus. Schreibunt. Flitterröckchen, Glitterröckchen, Baströckchen. Federn auf dem Kopf, Hallowachpillen in der Birne, und fertig ist der Faschingsprinz. Alibidunkelhäutige sorgen für die Credibility, eintagsextrovierte Brünette vom Bauchtanzkurs in der VHS Neukölln bei Frau Adelheid Ben-Mokhtari für die Debility.

Jede Einheit trommelt den gleichen Rhythmus, den einfachsten, den es gibt: Bumm, bumm, bumm – allenfalls noch bumm, bumm, bumm. Und das durcheinander. Dazu ständiges Gepfeife, immer das einfachste Gepfeife: Fiep, fiep, fiep – allenfalls noch fiep, fiep, fiep. Und das ebenfalls durcheinander. Zusammen mit dem Getrommel ergibt das die immer gleiche Mischung, die einfachste, die es gibt: Bumm, fiep, bumm, fiep – allenfalls noch fiep, bumm, fiep, bumm. Oje, mein Kopf! Zu meinen Füßen bildet sich eine kleine Pfütze. Ich schiebe das Schaf beiseite und husche unauffällig ins Bad. Ich glaube, ich habe mich eingenässt. Kein Wunder.

Bei jedem Wagen, bei jeder Gruppe applaudiert und jauchzt die Menge unten wie gleichgeschaltet. In meinem Hirn dröhnt der Volksempfänger: »Wollt ihr das totale Vergnügen?« Zwischen den dichtgedrängten Zuschauern laufen Strolche umher. Mit geschickter Hand ziehen sie Wertgegenstände aus Rucksäcken und Hosentaschen. Man kann das von hier oben gut beobachten, ein kunstvoller Reigen des Besitzens und Besessenhabens. Ein bisschen hellt sich meine Laune auf, erst recht, als es wie verrückt zu schütten beginnt.

Alle werden nass. Der Sturm zerzaust die Baströckchen, die Federköpfe sehen aus wie vom Jagdhund apportierte Erpel.

Der Regen hört auf, der Spaß ist vorbei. Jemand fragt, wem diese Wohnung hier gehört. Keiner meldet sich. Ich bin unglaublich müde. Wie lange geht denn dieser Krach noch? Wie lange muss ich weiter bar jeder Hoffnung aus dem Fenster starren wie durch die Gitterstäbe einer Bewahrklapse? Und wann verschwinden endlich diese ganzen fremden Leute? Ein Irrer beginnt zu randalieren. Andere Unbekannte schmeißen ihn raus, zum Glück.

Auch in den Häusern gegenüber hängen schreiende Leute in Massen aus Fenstern oder auf Balkons herum. Es wirkt, als brenne ihnen das Haus unterm Hintern ab, dabei verfolgen sie lediglich den Umzug.

Bumm, fiep, bumm, fiep – so geht das nun schon seit Stunden. Was finden die Leute bloß daran? Liegt es am Alkohol? Schließlich ist im Normalfall schon der Alltag hier bei weitem interessanter: Tausende verschiedene Autos fahren vorüber, mit Tausenden ganz verschiedenen Menschen darin. Das ist wahrhaftig ein Karneval der Kulturen. Da können sie dann gerne die Straße säumen, trinken, lachen und tanzen. Und jedes Mal, wenn ein Polizeiauto vorbeikommt, das mit Blaulicht Strolche sucht, oder die Feuerwehr, weil es tatsächlich einmal brennt, dürfen sie von mir aus jauchzen und applaudieren, denn dann haben sie endlich mal Grund dazu.

Der Tod ist ein Bademeister aus Deutschland

»Nicht von den Längsseiten reinspringen!«

Die Kinder kreischten und quiekten schrill wie eine Horde Ferkel, denen bei lebendigem Leib die Borsten versengt wurden. Niemand beachtete den Mann auf Turm I im Columbia-Bad, und schnell ahnte man, nicht zuletzt unter dem Eindruck der Pisa-Studie, dass ein kompliziertes Wort wie »Längsseiten« kaum auf fruchtbaren Boden fallen konnte – schlicht und einfach, weil es keiner verstand.

Der Bademeister ließ sich nicht beirren. Der Platz auf dem Wachturm war schon lange Familientradition. Seinem Großvater hatte man immerhin noch einen Karabiner dorthin mitgegeben. Den hätte er sich heute auch gewünscht, wie viel leichter wäre damit Ordnung zu schaffen! Er selbst besaß leider nur ein Megaphon. Kurz schien der Bademeister in sich zusammenzusacken, dann straffte sich seine Gestalt, und er holte tief Luft:

»Runter da von den Seilen!

Haltet doch mal lieber eure Schnauze als das Seil!

Das ist jetzt die letzte Aufforderung!

Wir gucken uns das noch 'ne Weile an, und dann machen wir die Rutsche zu!

Alles, was älter als sechs Jahre ist, raus aus dem Kinderplanschbecken, sonst könnt ihr gleich eure Sachen packen!

Ende der Durchsage!

Der nächste, der von der Seite reinspringt, geht sofort nach Hause!
Ich sag das nicht zweimal!
Arschgeigen!
Ihr zwei da am Sprungturm, lasst sofort das Drängeln!
Du da, ja, du, mit der blauen Badehose!
Das ist jetzt die letzte Aufforderung!
Ihr habt sie wohl nicht mehr alle!
Lasst das Seil los – bitte!«
Jäh erstarb das Lärmen der Ferkel, und von einer Sekunde auf die andere herrschte Totenstille. Man hätte das Fallen einer Stecknadel hören können, wenn das im Barfußbereich erlaubt gewesen wäre. Natürlich war der Bademeister selbst am meisten erschrocken: Er hatte »bitte« gesagt, und jeder hatte es gehört! Wenn das rauskäme, wäre er beruflich und gesellschaftlich total erledigt! Überall, auf der ganzen Welt, würden die Bademeister auf ihn zeigen, tuscheln und lachen. »Da kommt der Höfliche«, würden sie hinter vorgehaltener Hand spotten. »Der hat ›bitte‹ gesagt, die Sau. Ende der Durchsage!«
Der Bademeister erschauerte unter seinem weißen Hemd. Eine feine Gänsehaut überzog seine tätowierten Muskeln, Angstschweiß sammelte sich am anabolikageschrumpften Genital, tropfte aus der zu weiten Turnhose und bildete am Boden des Wachturms kleine Pfützen: Niemals durfte das passieren! Diese Schmach konnte nur mit Blut abgewaschen werden! Mit der linken Hand fasste er nach dem Talisman, Opas letzter Patrone, die an einer silbernen Kette auf seiner Brust baumelte. Mit der rechten aber ergriff er das Megaphon und brüllte hinein:

»So, jetzt ist Schluss: Ihr wolltet es ja nicht anders! Das Schwimmbad wird geräumt! In zehn Minuten sind alle draußen! Schade für diejenigen, die nichts gemacht haben, aber ihr könnt euch ja bei den Arschgeigen bedanken. Ende der Durchsage!«

Die wenigen, die ihn verstanden hatten, lachten. Die anderen nahmen ihre gewohnten Beschäftigungen wieder auf – Krach machen, auf dem Seil schaukeln und von der Längsseite reinspringen –, während der Bademeister in seinem Turm verschwand, um zu telefonieren.

Zehn Minuten später lachte keiner mehr: Zahlreiche Wannen fuhren vor dem Eingang auf, und zwei Einsatzhundertschaften sprangen in voller Kampfmontur heraus. Sie hatten sich extra beeilt, um von der nahen Friesenwache herüberzukommen: Wenn »einer von ihnen« in Gefahr war – und sie spürten instinktiv, dass es sich beim Bademeister um »einen von ihnen« handelte –, kamen sie immer schnell. Darüber hinaus lockte die Aussicht, den Knüppel klatschend auf dem Rücken braungebrannter Bikini-Mädchen tanzen zu lassen. Vielleicht würde am Ende sogar so etwas wie Liebe daraus werden? Es gab ja sonst so wenige Gelegenheiten, jemanden kennenzulernen – von der gemeinsamen Weihnachtsfeier der Züge 11 bis 17 einmal abgesehen.

Innerhalb weniger Minuten trieben die Einsatzkräfte viertausend Badegäste zusammen und durch das Haupttor hinaus auf die Straße. Die Klamotten blieben zurück, und jeder konnte sehen, wie er in Badesachen und ohne Geld nach Hause kam.

Erleichtert biss der Bademeister in sein Pausenbrot.

Der Stadtschreiber von Neukölln

13.07. 07; 21 Uhr 14. In meiner Stadtschreiberwohnung ist das Bier alle. Wir streiten uns, wer neues holt. Henryk versetzt Zbigniew einen Fausthieb. Der kippt um wie ein falsch behängter Wäscheständer. Zbigniew ist also schon mal aus dem Rennen. Das ist unpraktisch. Pijaczka ist sauer. Sie spuckt Henryk tatarischen Rübenwodka der Marke »Schwarzer Freund« ins Gesicht und keift ihn in schrillem Polnisch an. Er verpasst ihr eine, dass ihr Kopf ruckartig nach hinten schlägt. Verkrustete Bröckchen lösen sich aus ihrem Haar und segeln Fixsternen gleich durch den dichten Qualm. Dichter Qualm? Scheiße, die Matratze brennt!

Am Anfang steht ein handgeschriebener Zettel an der Pinnwand bei Aldi. Um ein Haar hätte ich ihn zwischen den Angeboten für »Nackhilfe in Däutsch«, »Gebrauchte Kinderwagen« und »Kindscharfe Pitbullwelpen« übersehen: »Stadtschreiber gesucht«. Darunter mehrere Abreißnummern und der Auftraggeber des Gesuchs: »Das Kulturreferat im Bezirksamt Neukölln von Berlin; Frau Kranich.«

Mit einem Mal habe ich die befristete Lösung all meiner Probleme vor Augen: Ich werde Neuköllner Stadtschreiber! So ein Posten ist üblicherweise verbunden mit einer kostenfreien Wohnung, großzügigem Taschengeld sowie diversen Empfängen und Lesungen, bei denen man gratis saufen und spachteln kann.

13. 07. 07; 22 Uhr 01. Der Brand ist gelöscht. Zbigniew wacht auf und klagt über Kopfschmerzen. Mit meinen letzten Euros schicke ich ihn zum Bierholen – die frische Luft wird ihm guttun.

Das Kulturreferat ist im Hinterzimmer eines Döner-Imbisses untergebracht, gegenüber vom Rathaus Neukölln – einen großzügigen Kuluretat kann sich der Bezirk beim besten Willen nicht leisten. Wenn gerade wenig zu tun ist, schneidet Frau Kranich laut Vertrag Gemüse und verdient so einen Teil ihres Gehalts hinzu. Als ich eintrete, kullern der Kulturdezernentin Tränen unter den dicken Brillengläsern hervor. Ich deute sie als Zeichen der Erleichterung: Der sich anbahnende Kundenverkehr entbindet sie vorübergehend vom Zwiebelschneiden. Geschäftig legt sie das Messer beiseite und rollert auf ihrem Drehstuhl die zwei Meter von der Arbeitsplatte hinüber zum Schreibtisch.

»Jutn Tach. Wat is?«

»Mein Name ist Hannemann. Wir haben gestern telefoniert.«

»Ja, natürlich!« Sie erinnert sich. Fernmündlich wurden bereits die Grundbedingungen geklärt, derer es nur zwei gibt: Der Stadtschreiber muss schreiben können, und der Stadtschreiber muss in Neukölln wohnhaft sein. Frau Kranich schaltet einen uralten PC ein. Das Gerät orgelt einige Minuten vor sich hin wie ein im russischen Winter liegengebliebener Wehrmachtslaster. Als sich das Geräusch schließlich auf eine Art Fliegeralarm einpegelt, bootet sie den Veteranen mit Hilfe einer 5¼-Zoll-Diskette. Ich beuge mich vor und erhasche einen Blick auf den Monitor: Word 1.0 – unglaublich!

»Ja, wir ham rüschtije Kompjuter jetze«, missdeutet sie stolz meinen offenstehenden Mund. »Nu aba Butter bei die Füsche: Brülle hamse ja, aber könnse ooch würkli' schrei'm?«

14.07.07; 0 Uhr 54. Von oben beschweren sich irgendwelche Edelnachbarn über den angeblichen Lärm. Sie verwechseln ein Mietshaus offenbar mit einem Sanatorium – geht doch zurück nach Kreuzberg! Als angemessene Antwort wirft Wassilij in hohem Bogen leere Flaschen in den Hof, wo sie in der Dunkelheit zerschellen.

Ich nicke, doch Frau Kranich ist die Mutter der Porzellankiste. Vielleicht möchte sie auch einfach nicht so schnell zu ihren Zwiebeln zurück, jedenfalls diktiert sie mir einen Satz: »Hotte hat Hunger.«

Ich hacke die Worte in die Tastatur des Dampfrechners und Frau Kranich gluckst zufrieden: »Sieht jut aus. Vorjet Jahr hatten wa een so 'n Kandidaten, der hatto' im Ernst Neuköln mit zwee L jeschrie'm. Am Ende mussten wa die Stölle unbesetzt lassen.«

»Wie viele Bewerber gibt es denn eigentlich?«, möchte ich wissen.

Frau Kranich blickt überrascht, fast kompromittiert: »Sie sind ja'n Witzbold. Sie sind der einzje.« Sie macht eine kurze Pause: »Wollnse denn?«

Ich juble innerlich: Ja, ich will!

Frau Kranich macht mich mit den Bedingungen vertraut: Für ein Jahr überlässt mir das Kulturreferat eine Einzimmerwohnung in der Warthestraße. Hinterhaus, Hochparterre mit Ofenheizung und fließend kaltem Wasser – »soll ja allet schön authentisch sein«.

Für einen Kasten Bier am Tag soll ich dort den Alltag dokumentieren und das Ergebnis im Rahmen von »48 Stunden Neukölln« im Neuköllner Heimatmuseum präsentieren.

»So«, kramt sie eine Mütze mit der Aufschrift »Stadtschreiber von Neukölln von Berlin« aus einer verstaubten Kiste, setzt sie mir auf und zentriert mir einen schelmischen Fußtritt in den Hintern: »In ei'm Jahr seh'n wa uns wieder, Meesta. Ab durch die Mitte. Tschö mit Ö!«

14. 07. 07; 01 Uhr 10. Acht Mann hoch rückt die Polizei an. An der Wohnungstür drücken sie Wassilij mit einem Tonfa zu Boden, doch als sie meine Stadtschreibermütze sehen, lassen sie von ihm ab. Jedermann in Neukölln weiß: Ich bin immun und habe den wichtigen Auftrag, das Leben im Bezirk aufzuzeichnen.

Mit Bleistift und Block ziehe ich in der Warthestraße ein und warte: Irgendwann wird sich mir das Neuköllner Leben stellen, und dann dokumentiere ich es gnadenlos. Im Laufe des Tages leere ich am offenen Fenster meinen ersten Kasten Bier. Schon nach kurzer Zeit beugt sich ein zerschundenes Gesicht zu mir herein. Es ist Zbigniew aus Bydgoszcz. Wir trinken. Nach und nach zeigen sich noch mehr Gesichter, und Zbigniew stellt mir seine Freunde vor. Henryk und Pijaczka, ebenfalls aus Bydgoszcz, sowie Wassilij aus West-Workuta, der ein Fässchen sibirischen Birkenwodkas der Marke »Bärentöter« in die Runde einbringt.

Von nun an trinken wir jeden Tag zusammen. Ich bin froh, so fröhliche und laute Freunde gefunden zu haben. Sie sind zwar keine waschechten Neuköllner, doch ich dokumentiere fleißig. Da sie ohnehin im Hof und auf der Kellertreppe leben, biete ich ihnen an, bei mir zu wohnen. So kann ich sie schließlich noch besser beobachten. Frau Kranich wird stolz auf mich sein! Der Kulturstadtrat wird mir die Ehrennadel des Bezirks verleihen! Das wird der Start in eine gigantische Karriere!

14. 07. 07; 03 Uhr 28. Das Bier, das Zbigniew geholt hat, reicht vorne und hinten nicht. Erneut gibt es Streit. Einer von uns (nach drei Kanistern ukrainischen Peperoniwodkas der Marke »Abfluss frei« ist nicht mehr exakt zu dokumentieren, wer) wirft Pijaczka, die angeblich dreißig ist, aber wie siebzig aussieht, auf die abgebrannte Matratze und würgt sie, bis sie sich nicht mehr rührt. Blass und schön sieht sie auf einmal aus, und jetzt eher wie fünfzig. Wir zechen weiter, als ob es kein Morgen gäbe, und nicht für jeden von uns gibt es auch eins. Zbigniew und Wassilij dreschen so lange mit Flaschen, Fäusten und Messern aufeinander ein, bis sie vor Erschöpfung einschlafen. Im Altglascontainer im Hof sucht Henryk geräuschvoll nach Getränkeresten. Diesmal kommt die Polizei mit einer halben Hundertschaft und nimmt alle mit. »Nu reichtit aba«, notiere ich den Kommentar des Einsatzleiters. Ich darf als Einziger bleiben – ich bin nun mal immun. Weitgehend zumindest.

Hoffentlich untersucht keiner die Würgemale an Pijaczkas Hals.

Neukölln kapituliert – ein Zeitzeugenbericht

Als 1945 die Niederlage der Achsenmächte feststand, gab es in Neukölln kurzzeitige Überlegungen weiterzukämpfen – über den Fall der Reichshauptstadt hinaus –, denn »ein Neuköllner gibt niemals auf«. Am Ende aber siegte doch das gewohnte Phlegma: »Wat jeh'n uns die Kasper da oohm an – die machen doch sowieso, wat se woll'n.« Die Bevölkerung entschloss sich, erst einmal abzuwarten. Vielleicht würde ja auch alles besser werden. Und wenn nicht – auch egal. Die damals 23-jährige Ilse Gernhardt erlebte die letzten Kriegstage in der Okerstraße. Bei meinem Besuch im Methusalem-Stempnierski-Stift in der Werbellinstraße berichtet sie über ihre Eindrücke.

Frau Gernhardt, wie können wir uns Neukölln Ende April 1945 vorstellen?
In der Hasenheide liefen gerade die Neuköllner Maientage ...
Die Maientage? Im Frühjahr '45?
Natürlich. Ich war zwar nicht da, aber das Feuerwerk war immer gut zu hören. Wer arbeitet, soll auch feiern. Im Park war sowieso das meiste heil geblieben – sogar die Hasenschänke! Als ich das später gesehen habe, musste ich weinen vor Glück, denn in dem Moment wusste ich, es würde irgendwie weitergehen.
Zuvor waren bestimmt noch dunkle Stunden zu überstehen ...

Ja, schon. Aber kurz bevor die Türken da waren ...
Die Russen ...
Richtig. Bevor die also da waren, herrschte eine ganz merkwürdige Endzeitstimmung. Unten im Haus, in der »Führerklause« – da, wo heute das »Dolfi« drin ist –, gab's auf einmal Futschi satt. Ohne Marken. Damit er nicht den Türken ...
Den Russen ...
Genau. Danke. Damit er den Russen nicht in die Hände fällt. Und Karstadt hamse geplündert und vor allem natürlich Kindl. Alle die Fässer rausgerollt und über die Straße nach Hause: reiche Beute für die Tiefflieger – aber wenn man jung ist, will man ja gerne auch mal was riskieren.
Sonst gab es bestimmt wenig Erfreuliches ...
Das ist richtig. Alles war kaputt. Die meisten Eckkneipen machten nur noch Notausschank, und in der Oderstraße stand kein einziges Haus mehr. Kurz vor Ultimo sind noch so viele umgekommen: der olle Radunski aus der 117, der Bäcker aus der Allerstraße oder die kleine Erika von Löbes – alle beim Ausführen der Kampfhunde. Sonst sind wir in der letzten Aprilwoche ja nicht mehr aus dem Keller, wurde ja überall geschossen. Und am 25. kam die Meldung durch: Der Hundefutterladen ist abgebrannt. Wir haben alle geweint. Und natürlich hatten wir auch große Angst vor den Türken ...
Den Russen ...
Man musste die auch verstehen. Die waren logischerweise auf hundertachtzig: Erst dieser harte Widerstand – in den Eckkneipen saß der Volkssturm und schoss aus allen Rohren –, und dann sind sie auch noch überall in Hundescheiße getreten. Das kennen

die ja von zu Hause gar nicht. Wir also im Keller und gezittert: Was würde passieren? Dann hat sich oben die Luke geöffnet, und ich habe den ersten Türken gesehen ...

Russen ...

Russen, ja, natürlich. Der hat sofort losgeschrien.

Was hat er geschrien?

Das klang so ähnlich wie »Knoblauch, Kräuter, scharf, Salat komplett«. Ich hab kein Wort verstanden. Dann kamen auch gleich die nächsten, die Maschinenpistolen im Anschlag. Wir mussten alle unsere Badelatschen hergeben, und die Türken, Entschuldigung, die Russen haben sie dann eingesammelt. Auch Bierflaschen waren begehrt und Weihnachtsbeleuchtung.

Wie ging es in den folgenden Tagen weiter?

Am 30. April hieß es auf einmal: Hitler ist tot. Da blühte natürlich der Flachs: »Wird wohl im Bette jerooht haben« – solche Sprüche. Aber dann brauchte nur einer »Hundefutterladen« zu sagen, und sofort war Ruhe. Eine deprimierende Zeit. Doch zum Teil auch schon wieder voller Hoffnung. Später im Mai wurde es ruhiger, da hörten dann endlich die Übergriffe auf. Na ja, nicht alle: Manchmal haben sich die Tür ... die Russen, wenn wir bloß mal kurz aufs Klo sind, in der Hasenschänke an unsere Tische gesetzt, obwohl wir sie mit Kippenschachteln markiert hatten. Du hast dich dann schon gefragt, was die für eine Kultur haben.

Haben Sie aus dieser schweren Zeit irgendetwas für sich bewahrt?

O ja – man lernt selbstverständlich aus der Geschichte: dass man friedlich miteinander umgehen soll und dass wir alle Menschen sind. Wenn hier in der Straße zum Beispiel so 'n Russe einen Dönerladen aufmacht ...

Türke ...

Genau, so 'n Türke. Dann finde ich das gut. Das kann unsere Kultur doch nur bereichern.

Frau Gernhardt, wir danken Ihnen für das Gespräch.

Die Entstehung Neuköllns

Am Anfang war das Nichts. Das hätte man zwar eher am Ende erwartet, doch was ist schon normal in Neukölln, das schon vor Urzeiten ein Bezirk der Superlative war: ein absolut schwarz gähnendes lochartiges Nichts, dessen grottenhafte Leere sich jeglicher Beschreibung entzieht.

Dann zogen Dinosaurier durch das ausgedehnte Sumpfgebiet am Fuße der Rollberge. Ausgrabungen beweisen bereits erste lokale Besonderheiten: Versteinerte Fußspuren des fast dreißig Meter langen pflanzenfressenden Hottesaurus ähneln den Abdrücken von Badelatschen. Der Knochenkamm des jagenden Mannesaurus Rex erinnert hingegen an Vokuhila-Frisuren. Weitere Fossilien deuten darauf hin, dass er die Fleischbrocken, die er aus den Kadavern seiner Opfer riss, mit den Vordergliedmaßen zu Würsten und Buletten formte, bevor er sie verschlang. Außerhalb Neuköllns lassen sich derlei Funde in nicht einem Falle nachweisen.

Dann kam der Mensch. In der Nähe des Reuterplatzes siedelten Stämme des Homo futschi in einem verzweigten Höhlensystem, das sich bis heute in Form des Wohnblocks Pflügerstraße 7–10 erhalten hat. Das meiste, was wir über den Neuköllner der späten Altsteinzeit wissen, verdanken wir seinen umfangreichen Höhlenmalereien. So findet sich hier auch die Wiege des Haushundes. Die detailgetreue Darstel-

fluchender Steinzeitmenschen zeugt gar vom ersten Auftreten der Hundekotproblematik. Die Höhlen waren unterteilt in Spielhöhlen, Imbisshöhlen und Höhlen, in denen Vergorenes genossen wurde. Im größten Trakt fanden sich aus Mammutknochen geschnitzte Wartenummern: Das größte Sozialamt Deutschlands war offenkundig auch das erste.

Andere Malereien zeigen Satellitenschüsseln an den Ausgängen der Wohnhöhlen. Im Neukölln jener Zeit scheinen definitiv Außerirdische gelandet zu sein. Sie müssen sich wohl gefühlt haben – den Zeichnungen zufolge flogen sie wie die Fruchtfliegen ein und aus. Viele paarten sich sogar regelmäßig mit den Urneuköllnern, wie in die Wände gekratzte Liebesbriefe nahelegen – ein Herz mit einem Ufo in der Mitte bildet heute das Logo des Neuköllner Heimatmuseums. Ans Herz legen möchte ich übrigens die dortige Sonderausstellung: »Von der Keule zum Butterflymesser – die Geschichte der schnellen Antwort in Neukölln.«

Im Mittelalter wichen die Höhlen Hütten aus Lehm. Um die Hütte des Dorfschulzen (heute Rathaus Neukölln) gruppierten sich eine Krämerhütte für Billigartikel, der Dorfkrug, das Sozialamt und eine weitere Krämerhütte für Billigartikel, heute Woolworth/Hermannstraße. Um diesen geschäftigen Kern herum waren die Wohnhäuser angeordnet. Gehöfte gab es nicht: Wo man andernorts längst Ackerbau und Viehzucht betrieb, beschränkte sich hier das Leben auf die Herstellung und den Konsum alkoholhaltiger Getränke. So war letale Verkaterung die Haupttodesursache beim Neuköllner jener Zeit. Gegen die Pest hingegen machte das Teufelszeug immun.

Auch der Dreißigjährige Krieg verschonte Neukölln weitgehend. Lediglich das Sozialamt wurde durch eine verirrte schwedische Katapultmine getroffen und daraufhin in seiner bis heute existierenden Gestalt wiederaufgebaut. In der Hasenheide wurden auf Holzkohle Hexen verbrannt. Bei Ketchup, Nudelsalat und jeder Menge Senf entstanden so Grillfeste für die ganze Familie, die schließlich durch die Inquisition, dem Vorläufer des Ordnungsamts, verboten wurden.

Im Jahre 1683 wurden der Zukunft Neuköllns wichtige Weichen gestellt: Die Türken belagerten Wien. Nach der Niederlage floh das osmanische Heer in alle Himmelsrichtungen. Einige Versprengte gelangten nach Neukölln, das sie, vor Hunger und Erschöpfung offenbar halb wahnsinnig, Klein-Konstantinopel nannten. Rasch gewöhnten sich die Einheimischen an goldkettchenbehängte Krummsäbelträger in tiefer gelegten Kutschen. Wolle der Weitsichtige, Herzog zu Rixdorf und Gropiusstadt, erkannte den Wert der Zuwanderer und versprach ihnen Gewerbe- und Religionsfreiheit. So eröffnete am Galgenberg, der heutigen Kienitzer Straße, bereits 1702 der erste Döner-Imbiss – woher der Betreiber sein Fleisch bezog, war schon damals ein gutgehütetes Geheimnis. An zentraler Stelle errichteten fromme Türken eine gewaltige Moschee, das heutige Karstadt am Hermannplatz.

Auch Napoleon prägte das Gesicht Neuköllns entscheidend mit: Auf seinem Weg nach Russland installierte der korsische Giftzwerg in jedem Block ein billiges Bordell. Die sogenannten »Bonapartes« wurden auf dem Rückzug mit frischem Personal versehen, das zum Teil noch heute dort Dienst tut.

Der Erste Weltkrieg brachte Hunger. In der Not

wurde schließlich Brot aus Hundekot gebacken, das heilige Tier selbst blieb als Nahrung allerdings tabu. Laut Überlieferung war das Gebäck sogar genießbar, in Verbindung mit ausreichend leckerem Aufschnitt, Käse oder Räucherlachs. Nach dem Zweiten Weltkrieg und der Teilung Berlins geriet der Bezirk in eine Randlage im Schatten der Sektorengrenze und verfiel in jahrelange Agonie.

Erst der Fall der Mauer führte Neukölln wieder mit seinem ursprünglichen Hinterland zusammen – Waltersdorf, Mittellausitz und Ruthenien –, was zu einem gewaltigen Aufschwung der Billigläden in der Hermannstraße führte.

Um das Jahr 2000 herum – im internationalen Vergleich also durchaus spät – tauchten schließlich die ersten Missionare auf. Zur Begrüßung gab es kräftig auf die Fresse. Noch immer hat der Neuköllner ein zwiespältiges Verhältnis zur Religion – in den Gottesdiensten geben sich Kirchenstörer, Geistesgestörte, gestörte Geistliche und Kirchengeister ein munteres Stelldichein. Seit die vatikanische Botschaft in die Hasenheide zog und auf den Bahnsteigen der U7 ambulante Exorzisten predigen, ist eine Milderung des Zustands eingetreten. Das moderne Neukölln präsentiert sich nun als anregende Crossover-Community aus Kalifat, Kombinat und Karstadt auf dem Weg zur anarchistischen Gottesrepublik.

Glossar

48-Stunden-Neukölln: Alljährliches Neuköllner Kunst- und Kulturfestival: Statuen aus Bierdosen, Hundekackeausweichtanz und Klosprüchelesen gibt es nicht – stattdessen herkömmlichere Kunstaktionen im öffentlichen Raum.
103er: Legendärer spanischer Weinbrand. Wird eher in → Kreuzberg getrunken.
104er: Wenig legendäre Buslinie; befährt u. a. die → Hermannstraße.
141er: Noch weniger legendäre Buslinie; befährt u. a. die → Sonnenallee.
Allerstraße: Unbedeutende Seitenstraße der → Hermannstraße; Parallelstraße der → Okerstraße; Heimstatt von → Aller-Eck und → Aller-Klause.
Aller-Eck: Auf gar keinen Fall verwechseln mit der → Aller-Klause!
Aller-Klause: Bloß nicht mit dem → Aller-Eck verwechseln!
Badelatschen: Traditionelle Neuköllner Fußbekleidung; wird im Sommer gerne mit Socken getragen.
Bauhaus: Heimwerkereldorado in der → Neuen Welt. Viele Menschen gehen unbeschwert hinein und kommen mit Brettern und Eimern wieder heraus: Das Unglück trägt oft ein erstaunlich schlichtes Gewand.
BEWAG: Früher angesehener Berliner Stromlieferant. Heute macht das → Vattenfall.
Billigladen: In N. sehr populärer Geschäftsbereich mit

billigen »Einmalgegenständen«: Hat man sie einmal benutzt, sind sie kaputt.

Blauer Affe: Lokal am → Hermannplatz. Einst berühmt-berüchtigt. Macht heute immer früher zu, weil die Leute immer früher müde werden. So ist das.

Blutwurst-Imbiss: Vor → Karstadt neben dem → Eierkuchen-Imbiss. Bietet auch Sülze mit Bratkartoffeln und wechselnde Eintöpfe.

Boddinstraße: Enge Straße, führt geradezu sinnbildlich steil bergab von der → Hermannstraße hinunter zur → Karl-Marx-Straße. Sitz der VHS Neukölln sowie zahlreicher Billigbordelle (siehe auch → Billigladen).

Broemme, Albrecht: Ehemaliger Landesbrandschutzdirektor. Das weit aus dem Ärmel Berlins ragende Ass im Feuersbrunstbekämpfungspoker.

BSR: Berliner Stadtreinigung. Versucht, alles sauberzumachen, was außerhalb Neuköllns ja auch so lala gelingt.

Bürgermeister: Buschkowsky, Hotte. Mischung aus Stalin, Jesus und Barbier von Sevilla.

Bulette: Neuköllner Nationalgericht aus 1/3 Schrippe, 1/3 Knorpel und 1/3 Überraschung.

BUND: Verein für Umwelt und Naturschutz – »Freunde der Erde«, doch wer möchte das nicht sein?

BVG: Berliner Verkehrsbetriebe. Bedienen zähneknirschend auch Neukölln – siehe → 104er, → 141er, → U8.

C & A: »Crazy und Avantgardistisch« – das führende Bekleidungshaus Neuköllns.

Columbia-Bad: Einziges Sommerbad in Neukölln-Nord. Disziplin ist dort ein Fremdwort.

Columbiadamm: Holperiger → Damm vom Flughafen Tempelhof nach Neukölln. Der Olympiastützpunkt

Berlin trainiert hier im Winter das Buckelpistenfahren. In den letzten Jahren sieht man zuweilen ein paar Bauarbeiter.

Cordoba: Schmach von C. – Niederlage bei der WM 78 gegen Österreich (!). Nicht zu verwechseln mit Schanddiktat von Versailles.

Dachgeschoss: In der Goldgräberstimmung der Nachwendezeit subventioniert auf Neuköllner Altbauten gepfropfte Terrassenwohnungen – qualitätsarm gebaut. Heute entsprechend schlecht zu vermieten und deshalb oft von Studenten bewohnt.

Damm: Eine sinnlos breite Straße.

EDEKA: Einkaufsgenossenschaft deutscher Kaufleute. Hat ihre Seele an den Teufel verkauft und dafür → Reichelt bekommen.

Eierkuchen-Imbiss: Vor → Karstadt neben dem → Blutwurst-Imbiss. Bietet neben Kartoffelpuffern quadratmetergroße zuammengefaltete Lappen aus Teig und Fett an: Diese »Eierkuchen« sättigen ca. eine Woche lang nachhaltig.

Einbecker: Westdeutsche Starkbiersorte.

Flughafen Tempelhof: Der internationale Flughafen von Neukölln, wenn auch aus logistischen Gründen im Nachbarbezirk Tempelhof gelegen, lässt glückliche Balkonbesitzer Kerosin schmecken. Was heute kaum einer mehr weiß: Der riesige Nazibau war ein Geschenk Albert Speers an den damaligen Wirt des → Aller-Eck.

Forum Neukölln, neuerdings »Neukölln Arcaden«: Bis zu dessen Errichtung war die → Karl-Marx-Straße die einzig florierende Einkaufsstraße Neuköllns. Man hätte die dortigen Einzelhändler auch abholen und erschießen lassen können, doch das neue Großeinkaufszentrum erfüllt den gleichen Zweck in den Grenzen selbst der Neuköllner Gesetze.

Futschi: Neuköllner Nationalgetränk aus → »Jacobi« mit einem Schuss Cola.

Gelbe Tonnen: Modernistischer Schnickschnack.

Graue Tonnen: Wie früher.

Hartz IV: Reicht gerade mal für die → Hasenschänke.

Hasenheide: Weitläufiger Nutzpark an den Grenzen zu → Kreuzberg und → Tempelhof. Die gleichnamige Straße bildet eine der Hauptgrenzlinien zu Kreuzberg.

Hasenschänke: Inmitten der → Hasenheide gelegene Mischung aus Kiosk und Biergarten.

Hauswart: Graue Eminenz und eigentlicher Bestimmer im Bezirk. Wo der → Bürgermeister nur quatscht, hat der H. längst gehandelt.

Heimatmuseum Neukölln: Liegt in der Ganghoferstraße, gleich neben dem → Stadtbad. Dauerausstellung uralter Bierdosen und Hundehalsbänder.

Hermannplatz: Verkehrsknotenpunkt und Umschlagplatz für alles. Hässlich, lebendig, zweckmäßig und trotz seiner Lage an der Bezirksgrenze zu → Kreuzberg zentraler Platz Neuköllns.

Hermannstraße: Neben → Karl-Marx-Straße und → Sonnenallee eine der drei Magistralen Neuköllns. Liefert sich einen harten Wettstreit um die weltweit größte Dichte an → Billigläden mit Bangkok und dem → Kottbusser Damm.

Herrfurthstraße/Herrfurthplatz: Unbedeutende Seitenstraße der → Hermannstraße mit dazugehörigem Platz.

Hertzbergplatz: Auf mittlerer Höhe der → Sonnenallee gelegener verschlafener Platz. Es gibt einen Fußball-

und einen Minigolfplatz, einen Taxistand und eine Bushaltestelle für den → 141er. Sonst nichts.

High-Deck-Siedlung: Sanierungsbedürftige 70er-Jahre-Neubausiedlung am hinteren Ende der → Sonnenallee.

Hund: Des Menschen bester Freund ist zugleich des Neuköllners allerbester.

Hundescheiße: Scheiße von dem → Hund. Liegt in N. überall herum. Kann man im Grunde nicht verfehlen.

Huxley's Neue Welt: Kurz: Huxley's. Traditionsreiche Konzert- und Veranstaltungshalle. Zentrum der → Neuen Welt.

IHK: Industrie- und Handelskammer.

Jacobi: »Weinbrand« aus Süßstoff, Benzin und Fensterreiniger. Neuköllner Pendant des → 103er.

Jogginghosen: Traditionelle Neuköllner Beinbekleidung, echt nur in Ballonseide – Frottee gilt als Fake, an dem man Kinderschänder und Franzosen erkennt.

Karl-Marx-Straße: Haupteinkaufsmeile Neuköllns. Im Gegensatz zu → Hermannstraße und → Sonnenallee gibt es auch richtige Geschäfte. Einsetzender Niedergang des Gewerbes durch das → Forum Neukölln.

Karneval der Kulturen: Dem »Notting Hill Carnival« in London nachempfundene Protestveranstaltung gegen Ruhe, Frieden und vornehmes Grau. Und wer hat's erfunden? Der → Kreuzberger natürlich!

Karstadt: Karstadt am → Hermannplatz, Perle des Südostens. Eines der größten und ältesten Kaufhäuser des Landes, der US-Architektur des frühen 20. Jh. nachempfunden. Dort gibt es das meiste zu kaufen, deshalb laufen sämtliche Straßen Neuköllns mehr oder weniger sternförmig darauf zu.

Kienitzer Straße: Vollkommen unbedeutende Seitenstraße der → Hermannstraße, wie so viele andere – deshalb hier nur exemplarisch genannt. Siehe auch → Allerstraße, → Okerstraße, → Mahlower Straße ...

Kindl: Berliner »Bier«. Schmeckt nicht besonders. Die Traditionsbrauerei liegt in der → Werbellinstraße.

Körnerpark: Historische kleine Parkanlage im Herzen Neuköllns. Wird wegen ihrer irritierenden Schönheit kaum genutzt.

Kottbusser Damm: Dichtbewohnter und mit → Billigläden bewehrter Grenzstreifen, dessen Ostseite zu Neukölln und dessen Westseite zu → Kreuzberg gehört. Vor allem an → Silvester entladen sich die übers Jahr aufgestauten Konflikte in gegenseitigem Beschuss.

Kotti, der (seltener: das): Kottbusser Tor; kreisrunder Drogenumschlagplatz in → Kreuzberg.

Kreuzberg: Nachbarbezirk. Die so streng bewachten wie umstrittenen Hauptgrenzen sind die Straßen → Hasenheide und → Kottbusser Damm sowie der Landwehrkanal, auf dem unablässig Patrouillenboote der → Reederei Riedel kreuzen. Die Bewohner ernähren sich von erlesenen Häppchen, Milchkaffee und Bionade. Weil das teuer ist, siedeln sie vermehrt im billigeren Neukölln.

Landwehrkanal: Grenzgewässer zu → Kreuzberg. Der Kanal führt von der Spree in die Spree. Klingt sinnlos. Ist es auch.

Lorant, Werner: Erfolgsentwöhnter Fußballtrainer. Ein sehr böser Mann.

Mahlower Straße: Bedeutungslose Seitenstraße der → Hermannstraße. Hier nur exemplarisch genannt.

Mannschaftswagen: Kastenförmiges vergittertes Fahrzeug mit Hilfsmotor. Wo viel Polizei draufsteht, ist auch viel Polizei drin.

Maybachufer: Ufer in Neukölln. Anlegestelle der →
Reederei Riedel.

Molle: Ein großes Bier.

Motzverkäufer: Verarmte Mitbürger, die vor → Karstadt oder in der → U8 die »Motz« verkaufen, eine Obdachlosenzeitung, deren halber Erlös an den Verkäufer geht.

Neue Welt: Eine Art Plaza aus verschiedenen Geschäften, Gastronomie, Sport und Unterhaltung, mit einem großen Parkplatz in der Mitte. Liegt an der → Hasenheide.

Neuköllner Maientage: Ein ambulanter Rummel in der → Hasenheide. Jeden Frühling ruinieren zunächst die Traktoren und LKWs der Schausteller das erste zart sprießende Grün. Das Fest selber, eine dreiwöchige Orgie sinnloser Aggression (siehe → Silvester), gibt dem jungen Gras bis zum Herbst unwiederbringlich den Rest.

Oker-Markt: Winziger Supermarkt in der Okerstraße. Hat nicht viel und ist teuer, doch die Inhaber sind nett.

Okerstraße: Durchschnittlich unbedeutende Seitenstraße der → Hermannstraße. Wirkt dadurch und durch den typischen Querschnitt durch den ortsüblichen Einzelhandel sehr markant.

Polen: Benachbartes EU-Ausland. Unerschöpflicher Quell für preisgünstige Würste, Zigaretten und Führerscheine.

Reederei Riedel: Größte Familie in der Camorra der Berliner Vergnügungsschifffahrt. Gerüchteweise direkte Nachfahren Störtebekers.

Reichelt: Relativ teure Supermarktkette, mittlerweile unblutig von Edeka übernommen. Auch in der → Neuen Welt gibt es eine Filiale.

Reuterstraße: Straße mittlerer Bedeutung, die mitten durch → Sonnenallee und → Karl-Marx-Straße geht. Nur mittelmäßig belebt mit meist mittellosen Menschen.

Rex-Pils: Ostbiersorte aus Potsdam, einem Vorort von Berlin.

Richardplatz: Hübscher historischer Platz im Herzen des alten → Rixdorf.

Rixdorf: Altes Dorf. Ehemaliger Name, historischer Kern und Ursprung des heutigen Neukölln.

Rixdorfer Weihnachtsmarkt: Auf drei Tage im Dezember begrenzter Weihnachtsmarkt nichtkommerzieller Natur rund um den → Richardplatz.

Rocchigiani, Graciano: Auch »Rocky«. Bekannter Boxer und Randalierer. Größter und gröbster Sohn eines sardischen Eisenbiegers sowie des Weise-Kiezes rund um die → Weisestraße.

Rollberge: Höhenzug in Neukölln. Schon nüchtern beschwerliches Terrain.

Rollberg-Kino: Kino an der → Hermannstraße.

Rollberg-Viertel: Problemviertel im Stile typischer Kahlschlagsanierung der 70er Jahre am Osthang der → Rollberge.

Rosinenbomber: Alte Transportmaschine der US-Luftwaffe am Rand des → Tempelhofer Flughafengeländes. Steht dort in Erinnerung an die »Berliner Luftbrücke«, die während des »Kalten Krieges« (→ Rixdorfer Weihnachtsmarkt) Neukölln (und als Abfallprodukt auch weitere Bezirke) mit dem Wichtigsten (siehe → Senf, → Bulette, → Futschi, → Badelatschen …) versorgte.

Rütli-Schule: Neuköllner Schulform mit ganzheitlichem Ansatz.

Senf: Neuköllner Grundnahrungsmittel.

Silvester: Letzter Tag des Jahres und höchster Feiertag der Neuköllner, da an diesem Tag alles erlaubt ist – zumindest in der neuköllnischen Auslegung von Bibel, Koran und Strafgesetzbuch.

Sonnenallee: Steht in der Ordnung noch unter der → Hermannstraße. In der S. gibt es nicht einmal mehr → Billigläden, sondern nur noch Telefon-, Internet- und Imbissbuden.

Sozialpsychiatrischer Dienst: Lässt die Spitzen vom Eisberg der Neuköllner Nervenschwachen schmelzen.

Stadtbad Neukölln: Echt antikes Hallenbad mit Thermenlandschaft. Von den Hunnen aus Ostia geraubt und auf dem Rückzug in Neukölln verloren.

StattReisen: Berliner Veranstalter alternativer und themenbezogener Stadtführungen.

Sternburg: Flaschenbier Ost. Preiswert.

Tagesspiegel, der: Schlimme Zeitung.

taz, die: Schöne Zeitung.

Teleskopschlagstock: Einzweck-Kampfstock der Feinde der Rixdorfer Gendarmerie.

Tempelhof: Nachbarbezirk Neuköllns. Langweilig.

Tonfa: Allzweck-Kampfstock der Rixdorfer Gendarmerie.

Türkenmarkt: Volksmundbezeichnung für den Wochenmarkt (Di. u. Fr.) am → Maybachufer.

Türkischer Friedhof: Volksmundbezeichnung für die am → Columbiadamm gelegene letzte Ruhestätte für Muslime verschiedenster Nationalitäten.

U8: Auch »Orient-Express«. Verkehrt zwischen N. und → Wedding. Nicht nur die hohe Kontrolleursdichte macht eine Fahrt zum Abenteuer.

Urban, das: Präziser: das Urban-Krankenhaus. Liegt eigentlich in → Kreuzberg, gilt jedoch als logistischer Brückenkopf des Neuköllner Nordens. In der Rettungsstelle herrschen Schwester Erika, Hochbetrieb sowie ein rauer Ton. Die Patienten werden von der Feuerwehr gebracht und von der Polizei abgeholt – manchmal auch umgekehrt.

Vattenfall: Böser Schwede. Hat die gute alte → BEWAG totgemacht und verkauft jetzt deren Strom an die Berliner. Alles ist anders, aber nichts ist besser.

VHS Neukölln: Die Neuköllner Volkshochschule, Hort des Wissens und der Lehre.

Vokuhila: Vorne kurz, hinten lang: Der → Vattenfall unter den Frisuren.

Wannsee: Vornehmer Bade- und Konferenzort im Südwesten Berlins.

Wedding: Partnerbezirk Neuköllns und Pendant im Norden Berlins. Ähnliche Probleme, ähnliche Mentalität und doch ganz anders.

Weisestraße: Unscheinbare Parallelstraße zur → Hermannstraße. Die → Rocchigiani-Brüder sollen hier aufgewachsen sein.

Werbellinstraße: Sitz diverser Brauereien und Seniorenwohnheime.

Weserstraße: Eine der längsten Nebenstraßen der Welt.

Wiener Straße: Ausgehmeile im Nachbarbezirk → Kreuzberg.

Wulle: Eigentlich »Woolworth«. Sagt aber niemand. Stattdessen sagt man mindestens so oft wie Wulle: »Woll, wat?«, »Wolwert«, »Wolwors« oder »Vulvas«.

Richard Smith
Against the Law!
Von einem, der auszog, die verrücktesten
Gesetze der USA zu brechen

ISBN 978-3-548-36833-7
www.ullstein-buchverlage.de

In Pittsburgh ist es verboten, in einem Kühlschrank zu übernachten. In Alabama darf man keine Eistüte in der Gesäßtasche stecken haben. Und in Atlanta landet man im Knast, wenn man seine Giraffe an einer Straßenlaterne anbindet … Alles Humbug? Von wegen: Im Land der unbegrenzten Möglichkeiten wurden diese und viele andere skurrile Gesetze einst geschmiedet – und sie gelten noch heute!

Doch was passiert, wenn man sie brich? Richard Smith wagte das, was sich vor ihm keiner traute. Zwei Monate lang reiste der Brite todesmutig durch die USA, um seine kriminelle Energie auszutoben.

Roger Boyes
My dear Krauts
Wie ich die Deutschen entdeckte
Originalausgabe

ISBN 978-3-548-26475-2
www.ullstein-buchverlage.de

Rasant und komisch erzählt *Times*-Korrespondent Roger Boyes von den aufregenden Abenteuern eines Engländers in Berlin, dem neben diversen Liebes- und Finanzproblemen vor allem eines Sorgen bereitet: Sein Vater, ehemaliger Bomberpilot der Royal Air Force im Zweiten Weltkrieg, hat angekündigt, den »verlorenen Sohn« in Germany zu besuchen und herauszufinden, wie das so ist, ein Leben unter den »Krauts« zu führen …

Manuela Golz
Ferien bei den Hottentotten

Originalausgabe

ISBN 978-3-548-26416-5
www.ullstein-buchverlage.de

»Wenn meine Mutter von Herrn Kennedy sprach, hatte ich immer das Gefühl, dass sie viel lieber ihn geheiratet hätte als meinen Vater. Aber das Schicksal hatte anderes mit ihr vor.«

Monika ist zwölf und wächst Ende der 70er Jahre in einer typischen Westberliner Familie auf. Spießige Eltern, Schrankwand und Wagenradlampe, Tagesschau um 20 Uhr, mit dem Ford auf der Transitstrecke ... Als ihr großer Bruder in eine Landkommune in Westdeutschland zieht – zu den »Hottentotten«, wie ihr Vater sagt – und Monika kurz darauf ihre Sommerferien dort verbringen darf, verändert sich ihr Leben schlagartig ...